U0093264

我想把你留在昨天

溫如生

是那些走過的每個昨天（無論想不想留住），

構成了今天以及之後的每一個明天。

只有踏實熨貼這些昨天，

我們好好地才能走向明天。

目錄

輯一　檸檬水

輯二　　暗物質

輯三　　腹語術

輯四　　朝聖者

後記

檸檬水

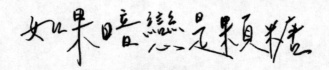

如果暗戀是顆糖

在發現上癮的時候

就應該要戒斷

會很難受但

會很健康

現代社會的人類提倡

外在要儉樸

內在要富有

去捨棄那些

不太重要的一切

我也曾是這樣的人

直到遇見你

開始多了很多

陌生卻也

不敢訴說的心思

我開始收藏起

你被陽光親吻的背影

你為誰停留的目光

你和誰牽手的時候

這些與我無關但

使我傷心的你

想起小時候

吃太多糖蛀牙

媽媽告誡我

在發現上癮的時候

就應該要戒斷

會很難受但

會很健康

現在我才知道

不健康的時候會傷心

健康的時候

還是很傷心

你的目光從來都是向前看的，不會為了路過的誰而停留，也可能只是不會為了我停留，又或許只會為了你喜歡的她停留。然而啊，我的目光從前都是向前看的，不會為了路過的誰而停留，直到那年四月遇見你，之後每一次見到你，我的目光就離不開你，可你從未把我放進你的眼裡，直直朝著你要走的路前進。你肯定不知道吧，有個人在你看不見的地方回頭，看了你的背影好久好久。暗戀原來這麼苦，明明看見你和她有說有笑地牽著手，但我還是沒有辦法，沒有辦法就這樣放下你。

一起生活

「冰箱裡還有一份炒飯，
如果你餓了，可以把它吃掉。」我說。

「好。」你很自然地回應，
好像那份炒飯就該被你吃掉一樣。

好像我們。
好像我們，已經一起生活了很久一樣。

每個週末都是我們固定約會的日子。

每天每天，「這週末想去哪裡」、「這週末想做什麼」

這樣的問題層出不窮，和「等一下要吃什麼」出現的頻

率幾乎相同，而我們樂此不疲。

儘管不一定會去一一實現，但我並不在意。

我在意的是你在意我不在意的那些小事。

所以你說，我們這個週末要去哪裡約會呢？

如果沒有想法，其實我們可以待在家就好。我們可以像

上週一樣，窩在沙發看電影，我們學著畫面裡的男女主

角擁抱，接著親吻，溫情難得。

打翻水杯也沒有關係的愛慾蔓延。

去誰家都無所謂，無論是你家還是我家，都有彼此的氣

味和痕跡——即使有時候，這會讓我感到傷心。你一定

不知道吧，在我們不見面的日子裡，我隨時隨地被你的

氣息擁抱著，卻觸碰不到你。以這種形式存在的你，和

我們上週一起窩在沙發上看的那部電影裡，只敢站在遠

處深情凝望愛人卻不敢靠近的角色沒什麼兩樣。

坦白說，在每一次又要分別的時候，我想的不是如何把你留下，而是什麼時候才能和你一起生活。

你也有想過嗎？想過我們一起生活的模樣。
我們的家會怎麼裝潢？沙發應該選什麼顏色？床單、衣櫃和窗簾呢？牆壁會想粉刷什麼色系？你也喜歡奶油色對嗎？餐桌應該要搭配好看的桌巾。

你不覺得，「一起生活」這四個字聽起來就像彼此在慢慢地勾勒未來的輪廓嗎？
共同的。真實的。清晰的。完滿的。安心的。

如同你在今晚來到我身邊，照顧著生病的我。
我躺在床上，看著你為我忙上忙下。

「冰箱裡還有一份炒飯，如果你餓了，可以把它吃掉。」我說。

「好。」你很自然地回應，好像那份炒飯就該被你吃掉
一樣。

好像我們。
好像我們，已經一起生活了很久一樣。

那時候的我偏頭痛發作，痛了很久都沒有好起來。當時已經是深夜十一點了，租屋處的水都被我喝光了，吐到肚子也餓了。我如同往常地對他表示我的難受，二十分鐘後，他打了電話給我，叫我幫他開門。一推開門，就看見他帶了一大瓶礦泉水、運動飲料、麵包以及草莓果醬。一陣動作後，幫我準備了運動飲料和溫水，讓我乖乖喝完。之後將我放到床上，便開始整理起我的房間──明明他是個很少會自己整理房間的人。那時候我就在想，這應該就是愛情最好的樣子吧。他不善於表達，卻用行動證明了他所有的溫柔。我很感謝他來到我的世界，給了彼此相愛的機會。

不勇敢與不誠實

再無幸看見彼此衰老的真相，

但我們都知道，這樣就好了。

能夠遇見，已經很好了。

天色昏黃，路燈亮起。

我走進咖啡廳，收穫了服務生制式的那句「歡迎光臨」和萬年不變的招牌微笑。在窗邊的位置落座，花上十多分鐘看菜單，試圖給予自己新的花火與未知，最後卻還是如往常般，保守地點了一杯卡布奇諾和一塊乳酪蛋糕。

其實我是有看到的──最新印製的菜單封面上，有一款看起來挺美味的新品。

窗外的鳥成群地飛過，街上的行人匆匆，室內的溫度逐漸升高。彌漫的咖啡香與記憶的味道重疊，恍惚間，我想起了清晨的濕潤陽光，還有你肌膚的質地。

一想起你，就想起你故作的隱忍。

每一次見面你都會問我要不要喝飲料。

你像極了飲料店的推銷員，有什麼新品都會在第一時間分享給我，然後丟出一句「我們下次一起去喝吧？」或是「下次見面我買給妳，妳應該會很喜歡。」這種拙劣但真誠的邀請，藉此展開下一次見面的理由和期待。

「好，下次我也帶給你一份最近學校附近新開那家甜品店的新品。」我會這樣說，然後配上浮誇的表情符號以彰顯我與你相同頻率的情懷。

好像要有所虧欠才能繼續糾纏下去。

我以為面對你時，我已經足夠勇敢。
你真的以為我喜歡喝飲料嗎？我喜歡喝飲料，還是喜歡那個費盡心思將話題延續下去的你？我不敢承認，你也是。

最後一次見面，你再次丟出類似的話，那是我第一次也是唯一一次拒絕了。
儘管我不知道，我放棄的是那杯飲料，還是那個滿心歡喜想替我買那杯飲料的你。

我為什麼要拒絕呢？我為什麼要拒絕被愛。

我們明明是那麼渴望靠近彼此。

我明明不介意牽住你的手，也不介意伸手去擁抱你。

為什麼在你主動向我靠近的時候，我卻後退了呢？

很多年以後的現在，我已經不欺騙自己了，我根本不愛喝那些口味多樣的飲料，卡布奇諾才是我永遠鍾愛的首選，哪怕再誘人的新品都不能動搖我。

其實，你也不喜歡吃甜品吧？

沿街的店家燈火通明，隔著窗，我似乎什麼都看得清，也什麼都看不清。

我在一片朦朧之中，好像看見了你從街角走過來。你也看見我了，朝我揚起笑容。

再無幸看見彼此衰老的真相，但我們都知道，這樣就好了。能夠遇見，已經很好了。

我還記得某天晚上，曖昧對象問我是不是喜歡他，我當下立刻說「沒有」，然後他回了「那就好」就離開了。是後來我才得知，其實他那時候也是喜歡我的，他也因此難過了很久。當時的我因為太過自卑馬上拒絕他，甚至在他離開的當下我也沒有任何的反應或情緒，幾天後我才感到真心實意的傷心。曾經後悔當時的自己因為不夠勇敢而傷害了他，即使他的反應同樣傷害了我。如果重來一遍，會不會我們可以有不一樣的結局？不只一次這樣想過。而現在我們回到了彼此的朋友圈裡，各自都過得很幸福，這樣真好。

孤獨的顏色

我們要一起活下去。

沒有痊癒也沒有關係。

你有看過《腦筋急轉彎》（Inside Out）這部電影嗎？
劇情圍繞在一個小女孩以及她腦中那些擬人化的情緒，
包括快樂、憂愁、厭惡、驚訝、憤怒等等。當這些情緒
被擬人化之後，又被賦予名字、形狀、顏色。

可是你說，快樂究竟是什麼顏色呢？一定是黃色的嗎？
那你所認知的黃色和我所認知的是一樣的嗎？我看到的
快樂和你看到的快樂是一樣的顏色或是形狀嗎？事到如
今，再考究那些色彩的象徵好像已經失去了意義。

人類很奇怪，就像有時候，我們可以愛一個人或是恨一
個人，甚至能夠對一個人又愛又恨。那這樣的情緒，又
該是什麼模樣？

所以你說，如果孤獨也有顏色，會是什麼顏色？
你的孤獨和我的孤獨又是一樣的嗎？

孤獨出現的時候，有時候是伴隨其他情緒一起出現的，
有時候沒有。有些情緒我清楚地知道它該被擺放在身體

的哪一個位置，但孤獨不是，有時候它會跟著我躲在心臟裡，有時候是腳底，有時候是指尖。

孤獨如影隨形。它頑固地附著在我的靈魂裡。它總是不說話，只是看著我，看著我的喜怒哀樂上竄下跳。儘管我不確定它到底有沒有眼睛。
可是我好像總是能夠理解它想說些什麼──我們要一起活下去。

我們要一起活下去。

沒有痊癒也沒有關係。

當我覺得我自己和身邊的人格格不入，我的孤獨會敲敲我的門，我往往都會打開門歡迎它，但不是笑著的。它和我一起被關在一個空曠的灰色裡，我在哭泣，它就在旁邊看著我。即便我每次遇到它，還是會好難過，但是我會試著跟它好好相處的，請多多指教。

健康飲食指南

所以為了好起來

我要離開你了

然後承認自己的失落

承認我們

只能是彼此的過客

餓的時候吃下什麼

都像吃到渴望很久的蜂蜜蛋糕

如同愛的人餵下的毒

都像裹了奶油

甘願製造一種甜蜜的假象

延遲失去的瞬間

在你向我靠近的時候

我不知道

可以從你眼裡看見什麼

我要怎麼做才能更靠近你

你能給我什麼

和給其他人不一樣的嗎

可是就連你的溫柔

都是真空

飽的時候吃下什麼

就算吃到渴望很久的蜂蜜蛋糕

也只會想吐出來

身體會抗拒被傷害

那為什麼我們

總是狠不下心離開那些

使自己受傷的人

所以為了好起來

我要離開你了

然後承認自己的失落

承認我們

只能是彼此的過客

其實我都明白的，明白自己在他心裡沒有位置，而那些
話語和表示親近的舉止，不過是自己做的一場夢罷了。
看著共同朋友傳來的截圖訊息，才知道原來他也會那
樣親暱地與別人開玩笑或撒嬌啊。原來，他不只是別人
的，還是更多人的。原來曾經相處的時光，只有我視若
珍寶。我應該要放下了，畢竟人在一生之中，總會與許
多人相逢，而我們不過是彼此的過客之一。

等到一天有二十五個小時

等我們徹底回歸宇宙。

等到那時候，

我們就能成為相偎的兩粒塵埃。

你有想過嗎？曾經在十四億年前，一天只有十八個小時，那個時候就連人類都還沒有出現。那麼，我們的一生又有多少個小時？這樣換算下來，如果我們存活在那個時候，我們能夠多活幾天？

在那個時候，我喜歡你的跨度又更大了一些。

而活在現在一天有二十四小時的我們，再怎麼深究那離我們太過遙遠的歷史，都沒有任何意義。就像我們不會去考慮再過多少年，一天就會擁有二十五個小時，那麼到時候的世界又會變成什麼模樣，而我們又會在哪裡。

有時候我們並不是那麼需要追尋意義。

在我化了好看的妝去見你，你卻沒有表現出任何我預想裡的反應；在我趁你不注意時偷偷拍下你，你明明討厭出現在鏡頭裡，卻也沒有為此感到惱怒或要求刪除；在我靠上你的肩頭，你卻沒有看向我或問一句我怎麼了；在我與你並肩而行的時候，你沒有打算牽住我的手。

哪有那麼多為什麼呢？

追尋意義有時候就像雙好看但不合尺寸的鞋，擺著好看，走路時還是會痛。

我已經學會不去想為什麼我們只能停在這裡。

好看的電影要在劇情高潮的時候暫停，不去預想結局才能有期待和驚喜——是吧，很多事情只要擁有一點期待，就會心甘情願繼續下去。

所以為了避免可能的悲劇，是誰先離場了？

科學家忙著探索宇宙的浩瀚，而我們忙著分析情感的結構。

如果有讀心術這種能力或是人心探測儀之類的工具，是不是人類就能更接近幸福一點？你想像一下，只要我們能夠擁有這樣的能力或工具，我們就不需要小心翼翼地試探彼此。

你相信多重宇宙論嗎？在無數個平行時空裡，有無數

個我們，做著不同的事、不同的決定。會不會有一個世界，我們是相愛的？

總有一個世界，我們是相愛的。

儘管在這裡，我們不能相愛，但我們會永遠在一起。

等到一天有二十五個小時，等我們徹底回歸宇宙。

等到那時候，我們就能成為相偎的兩粒塵埃。

我對他的喜歡輕輕淺淺地蔓延了九年，陪伴彼此走過整段青春與無數低谷，但我們都不夠喜歡，也不夠勇敢，不夠讓我無視我們之間可能的不適合與失去友情的風險去義無反顧。而我們已經卡在這裡太久了，是時候離開了。所以從今往後，就讓我們只是朋友吧。即使不再喜歡，依舊希望我們能友誼長存。你還是我很重要的人，但我不能再眷戀你的溫柔了——哪怕我知道你的溫柔獨我擁有。

面具

沒有人知道

你每一次眨眼

就死去一點點

你學會了在冷的時候

把傷口縫在皮膚上，取暖

癢的時候就流血

笑的時候就安全

沒有人知道

你每一次眨眼

就死去一點點

他們像是不能接受一樣指責我為什麼能快樂，好像我從來沒有煩惱。可是他們看不見，真實的我正在哭著。那些抱怨有用嗎？那些訴苦有用嗎？看不見那些傷口不代表沒有受傷。被霸凌的過去、酒醉的父親、歇斯底里的母親、看似和諧友好的大家庭、在黑暗中近乎窒息的恐懼。他們看不見的傷疤，都被我好好地隱藏起來了。我真誠地感謝自己——親愛的，你做得很好。你把一切的醜陋不堪掩藏得很完美，做得很好。

擁抱妳像風

我感覺我在失去妳，
我明明把全部的我都給妳了。

致我親愛的Rose：

不知道妳什麼時候會看見這封信，但沒有關係，不急，我會等妳。

妳知道的，我接下來的人生都會等妳。

在成為妳的母親之前，我也是我母親的女兒。

作為過來人，在我十歲的時候，我也不會記得自己三歲時發生的事情，這沒什麼，如同我始終沒搞清楚長大究竟是怎麼一回事。直至今日，我已經記不清十歲的自己是怎麼換下一張張的年曆，跌跌撞撞地來到妳面前的。

所以到底怎麼樣才算是長大？

在我小時候期盼著趕快長大的時候，我的母親又在想什麼呢？

在我一次又一次地丟下一句「這個禮拜我不回家了」就急忙掛斷電話，她會不會難過？

在我一次又一次地對她反覆的叮嚀表現出厭煩的時候，
她會不會感覺自己不被需要？
但這些都還不是現在的妳需要擔心的。

我不知道是因為「母親」這個身分還是因為妳，我變得
越來越勇敢。
儘管我必須承認，有時候，我不是一個很稱職的母親。
在妳希冀我能陪妳一起玩耍的時候，我忙於工作分身乏
術；在妳渴望一個最簡單的擁抱的時候，我忙於家事自
顧不暇。

那天晚上妳因為生病吐了，難受地哭，然後哭著哭著，
就在我的懷裡睡著了，我整晚不敢入眠。
我感覺我在失去妳，我明明把全部的我都給妳了。

妳的成長軌跡重疊在我的生命線上，那麼鮮明。妳一
直在長大，妳一直在慢慢地學會許多與這個世界產生
連結的東西、情緒、人事，那讓妳逐漸長成我無法預
期的模樣。

靜靜地看著妳睡著的模樣，我好像忽然明白了長大的
意義。

長大就是一個失去的過程，儘管我不知道失去的是什麼。

妳會一直長大，我會逐漸老去。

我必須讓妳自己去飛，且總有一天線會斷。

不知道妳什麼時候會看見這封信，希望妳永遠不要看懂。

如果哪天，我追不上妳了，能不能也等等我？

永遠愛妳的媽媽

老實說我不希望妳長大。每個做父母的都在期盼著孩子慢慢長大，但看著妳慢慢地會說話，慢慢地學習忍耐情緒，慢慢地接觸這混亂的世界，慢慢地不再因為媽媽的出現而感到開心，就好想自私地希望妳永遠不要長大。

那時候的我們
是一場動盪

我們遇見彼此就在我們杯裡的水最滿的時候。

只要輕輕一晃，

就會有什麼跟著水灑出來。

杯裡裝滿水的時候容易傾灑出來，就算端得再穩還是會有難免的動盪。

那時候的我們是這樣的。
年輕、肆意，正處於什麼都有、也什麼都沒有的時候。

我們遇見彼此就在我們杯裡的水最滿的時候。
只要輕輕一晃，就會有什麼跟著水灑出來。

和你在一起的我感覺很安心。
我們總是在相互保護彼此的那杯水，像是末日前一刻都要用力抱緊對方那樣的奮不顧身，儘管有時候我們並不知道，我們帶給彼此的更多是動盪還是輝煌。
不管哪一種都會讓我們杯裡的水減少，是你讓跟著水流出的那些有了意義。

可是為什麼呢？我們明明那麼用力地在保護彼此的那杯水，但流出的那些水卻像鋒利的刀片一樣在杯壁留下一道道的傷痕。如果再近看一些，甚至會發現有些傷口原

本就在那裡。

我們握住杯身的手彷彿在做無謂的掩飾。

對不起，我總是不知道要怎麼不帶任何傷害地愛你。

我們就像木星與地球，至今仍然沒有搞清楚，我們之間的關係究竟是一種保護還是一種災難——不是用力抱住彼此就能抵擋末日。這樣灑出來的水留下的痕跡，如同突然出現在自己身上的瘀青一樣找不出源頭，也難以消除。

一直以來，動盪的是我們才對。

水太滿的時候，我們是一場動盪；水太少的時候，我們給不起輝煌。

而杯裡的水只會越來越少，直到水都被灑出來，什麼都流不出來的時候，就是我再也留不住任何一個重要的人的時候。

對不起沒能留住你。

其實有很多話想和你說，真的太多了，不知道該從何說起。在一起前，我信誓旦旦說要擁抱你的傷口，分手後你依然溫柔地告訴我，我成功讓你忘卻傷痛了。但為什麼呢？我卻覺得自己帶給了你更多的傷害。因為你，我理解了為什麼人們都說青春時的戀愛最難忘。還記得當年我趴在課桌椅上，午休時間寂靜至極，夏天的蟲鳴鳥叫顯得很多餘，如同昨天的我們一樣。然而如今在寂靜的夜裡只剩我的低聲哭泣，多希望那些回憶可以從腦海裡刪除，這樣我就再也不用想辦法遺忘你，而我的青春也能顯得單純一些——沒有遺失任何一個重要的人，包括你。

為了好好呼吸

對不起，

不知道要留下你還是放下你，

我才會比較好過。

今天要去見你。

這是我們分開後，我第六次去見你。

你知道這代表什麼意思嗎？我們平均兩週見一次，等於說我們已經分開十二個禮拜了。為了見你，我已經想了六種不同但相似的藉口。

其實你早就看透我拙劣的演技了吧？可是我想見你的時候，好像已經不能用一句簡單的「我想你了我們見面吧」來開頭。我們已經不是那種只要誰說想見面就能隨時隨地見面的關係了；不是我說一句好餓，你就會在半夜提著一袋宵夜站在我樓下的那種關係了。

你想起我的時候會像我想起你的時候一樣，只想起你的好嗎？我知道這是不對的，我應該要想起你的壞，這樣我才能更輕易地放下你。

我試圖想起你的壞，比如你總會故意在我面前放屁，看我一副受不了的模樣哈哈大笑──不得不承認，要讓這種無傷大雅的壞成為理由，連我自己都覺得過於薄弱。

分開後，每一次想起你的我都像在游泳，感到窒息時才抬頭換口氣。

對不起，不知道要留下你還是放下你，我才會比較好過。

為了假裝自己還留在你身邊，我在看見你分享在個人社群上的每一則動態都想留言和關心，我必須要做些什麼讓你記得我。
你不愛我也沒關係，但你要記得我。

只要你記得我，就算你沒有注意我今天穿什麼、化怎樣的妝都沒有關係，這樣一來，你也不會注意到我還是和以往一樣與你並肩坐，而不是坐在你的對面。希望你不要介意。
你一直在講話，笑著分享日常，我看著你的嘴唇張張合合，我在想，其實你什麼都知道，對吧？你曾在我酒醉的時候接過我的電話，哪怕當時的我像極了在胡言亂語。

你知道我為什麼痛苦。

你清楚地知道我為什麼這麼痛苦。

儘管我已經分不清疼痛是你給的，還是我給自己的
幻覺。

只要放下你，我就能好好呼吸了。

過了很久很久之後，我才終於想通。當時的我不會表達感情，而你不敢透露你的敏感，失去溝通的我們才會越來越遠。剛開始是我提的分手，因為我一直覺得我被背叛，但後來幾次回去看聊天紀錄才發現，是我自己打了一大串文字，覺得好像沒有你也沒關係，懷疑我們現在是什麼樣的關係等等。你之後有回我那就這樣吧，一些要我遵從自己內心的話，就沒有然後了。在分手之後，我還是刻意跟你保持聯絡，好像在彌補些什麼，彌補自己以前的冷淡。所以分手後只要你開口我都有空，有什麼心事也是第一個想要跟你講。當然，你用多次的行動證明你並不討厭我，只是我們不一樣了。我想把這份初戀的美好留在昨天，可以回憶，但是不要想回去。希望我們都能有全新的開始，成就各自的美好。

樸倩

我們要像一部青春電影

散場之前並不知道結局的分離

那樣分離

你要像枕頭一樣

讓我輕易地陷入夢境

你要像鏡子一樣

清晰地看見我的粉碎

我會像你一樣

不再讓對方成為自己的話題

我們要像一部青春電影

散場之前並不知道結局的分離

那樣分離

那是一個飄著雨的夜晚，我們共撐一把傘。我提著剛買好的永和豆漿和你並肩而行，你說你幫我撐傘，但你卻濕了大半邊的肩膀，那時候的我不知道，我會這麼懷念那個你幫我撐傘的夜晚。如果那天我們沒有並肩而行，也不會有後面的故事，和那些數不清的傷心和眼淚。如果可以重來，我們就別開始了吧。

老式情書

妳一直在讓我有意識地知道

「妳從來沒有走遠」這件事。

想寫一封信給妳。

已經很久沒有寫什麼給妳了，還記得幼稚園和小學，在母親節來臨之際，老師都會讓我們在課堂上製作一張卡片，祝媽媽母親節快樂並表達出我們的愛。

妳看著那些卡片的時候，會不會像看見不同時期的我？從歪七扭八的字配上當初自以為可愛的鬼畫符（說出來都覺得有點丟臉），到後來終於端正秀氣的字體再配上我們的合照。

我知道妳一直記得所有時期的我的模樣。

那些卡片都被妳好好地收藏在妳的床頭櫃裡。

其實我已經不記得妳當年是怎麼離開我和爸爸的了，就算想起來也不會痛的那種離開。

妳離開了和爸爸的婚姻束縛，但妳說妳永遠是我的媽媽。

妳一直在讓我有意識地知道「妳從來沒有走遠」這件事。

在放學時候，我可以在校門口看見妳等我的身影。我會在機車後座抱著妳，儘管速度與風偶爾會掩蓋住我們的

說話聲，但我們依然笑語不斷。

在夜晚時分，我可以接到喝醉的妳打來的電話。想和妳說聲抱歉，有時候我根本聽不懂妳在說些什麼，如果不忙的話我可以哄妳睡著，如果忙的話多聽一句我都感覺疲累。

我們相處的時間少得可憐，但妳每一次的出現都在告訴我妳有多愛我。

深切地、無法割捨地愛著我。

其實我一直記得妳當年是怎麼離開我和爸爸的，想起來還是會痛的那種離開。

所以為什麼，我絲毫沒有發現，跟著光影附著在妳的面容、聲音上的病態與蒼白？為什麼在妳離開的前一天晚上，我要那麼快地掛斷妳打來的電話？如果再晚一點點掛斷，我是不是就可以留住妳久一些。

妳像一首未完成的絕望的詩被我無意間補好了最後一句。

妳知道嗎？那是我第一次看見爸爸哭，雖然你們已經分開了很久。

妳永遠不會知道了。

後來，我去到妳的居所，整理妳的東西的時候，在我寫的那些卡片裡翻出一張陳舊的照片。是我們一家的合照，邊緣泛著微微的黃。那已經是好久以前。

那已經是好久以前。

妳離開了我們那麼久。妳愛了我們那麼久。

我想和媽媽說，我真的很想妳，雖然妳存在在很久以前的昨天。從小就分開的我們，感情卻是最深厚的，而我也從小就習慣接妳喝醉時打來的電話，但那時的我不懂，每次都是安慰幾句，便催促著要掛電話了，更不懂得這樣的妳，其實是生病了。妳已經離開十年了，我想起妳還是會哭，但我已經能把自己照顧得很好了。我很慶幸在相處不多的時間裡，妳給了我那麼那麼多的愛。願來生，我們還能成為家人。

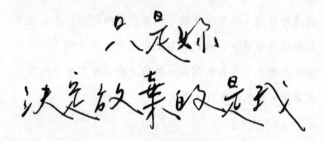

原來妳可以很溫柔。

妳那麼溫柔地殺死剩下的我。

養魚的妳和養貓的妳是不同的。

一開始的妳只養金魚，十年來如一日，彷彿沒有人能比妳更加深情。
我不知道魚缸裡的金魚已經換過多少次，我根本分辨不出牠們的差別，而我知道其實妳也不在乎那些差別──妳只需要定時餵給牠們飼料、為牠們換水，妳甚至不需要陪伴牠們，牠們也能獨自活下去。

我親眼目睹過牠們好幾次的死亡，接著，妳會熟練地將死去的金魚撈出來，表情總是很平淡。隔天我再去妳家的時候，發現金魚的數量還是一樣的七隻。

妳會傷心嗎？妳曾經為那些死去的金魚流淚過嗎？金魚是不是也有眼淚，只是妳不知道？
妳不知道，看著牠們死去的我好像也在死去。

十年來不知道死了多少個我，然後妳只要再給我一點愛、一點專注、一點溫柔，妳就能讓更多的我活下去。

可是有一天，妳突然決定養貓，那種好像只是今天中午突然想吃滷肉飯一樣平常的突然。一開始聽說時，我覺得很可笑，妳怎麼會養貓，妳哪裡會願意分出多餘的心神呢？妳明明連陪伴都吝於給予。那妳的金魚呢？妳不要牠們了嗎？有了貓之後，妳還會記得妳的金魚嗎？

我看著妳耐心地哄著一次又一次抓傷自己的貓，然後一臉愧疚地和自己的金魚道別，妳說為了保護牠們，所以妳決定拋棄牠們──妳覺得這是對彼此最好的解決方式。妳一邊哭著說「我一點都不想傷害你們」，一邊將魚缸清空。

原來妳可以很溫柔。妳那麼溫柔地殺死剩下的我。

原來妳也可以那麼溫柔地愛一個人啊。
我一點都不想祝福妳。

每一次的墜落我都會接住妳，但我不會愛妳了。

我想和我的前女友説。當妳為了一個帶給妳痛苦的她，而選擇將認識十年的我從妳生命裡剔除時，我的世界也產生劇烈的動盪，我不能諒解妳，也沒辦法再繼續愛妳，無論是哪一種形式的愛，都在那一天破碎了。如果可以，希望我們回到二〇一六年，不要成為彼此的另一半。我們可以成為一輩子的朋友、家人，永遠都能傾聽彼此的煩惱，也能帶著彼此從黑洞裡逃出來，而不是像現在這樣，成為彼此生命裡的災難。我們不要再見面了吧，但還是希望妳平安。

融化

我會記得你。

就算融化是宿命，我還是會記得你。

你會和我一樣，習慣把最喜歡吃的留到最後嗎？

啊，不應該這樣問，這麼說好了，你就像我吃到想念已久的芒果牛奶冰那樣。我一口一口地吃，緩慢地、優雅地、珍惜地，好像這樣就能延長感到快樂的時間。

可是不行，你融化的速度還是太快了。

因為不知道什麼時候能夠再遇見你，我一邊吃、一邊掉眼淚，吃到後來已經索然無味，只知道要趁融化之前再多吃一點。

我會記得你。

就算融化是宿命，我還是會記得你。

或許在多年以後，你的輪廓終究會模糊，但是以後聽見Queen，我就會想起曾經遇見一個願意跟我聊音樂、一起唱歌跳舞，還願意陪我一起發瘋的男孩。一個在俄羅斯婚禮上認識五天的緣分，一個看起來有點呆，但一講起樂團，眼睛會閃閃發亮的人。每當我想起當時和你倉促地道別，我就會想，也許這和我已經不太聽當時和你一起唱過的歌，是一樣的意思吧。當時沒來得及說，很高興認識你，像認識了一個多年的老朋友。祝好。

你不願意陪我一起落單，

可能只是不知道我落單了。

也或許你是知道的，只是真的不願意。

不知道從哪時候開始，養成了把你的什麼收藏起來的習慣。

我說的不是你的牙齒、你的掌紋，又或是你留下的哪間店的折價券之類這種實質但於我並沒有太大用處的東西，我更想得到的是你的專注、你的脆弱，那些我再怎麼想也無能為力的。

可是，我這裡又有多少東西是你心甘情願交付的呢？

為了彰顯親密我寫了一張又一張的紙條給你，像交換秘密那般用力地把自己一次又一次地編碼、解碼，希冀你能從無數的0與1之間看出我在句號之後留下的伏筆。

向來你只是無意識地收下來，我知道匆匆看過一遍後你便不會再去翻開，那些紙條的命運就是等待下一次的清掃或是搬家，讓它們有理由地從此消失──或許你不會知道真正消失的是些什麼。

其實我也有幸得到過你親自送來的生日賀卡。

那是我真正擁有的關於你的什麼。沒有其他了。

你沒有再交付更多了。

想起有一次，我們和其他朋友一同去了水族館。

我們跟著人流移動，大片大片的藍一次性地湧進我的目光所及之處，彷彿在這一刻我們都成了整個空間的影子，只投下暗色的輪廓。隔著整面透明玻璃，我看著大群的魚游過去，幾隻落單的魚停留在我的面前，我笑著轉頭，想同你說些什麼，卻只見你已經和他人走遠。

落單的魚們吐著泡泡在我面前兜轉，牠們或許正在唱著什麼歌，可是我聽不懂。

接著沒過一會兒，魚群便游走了，再沒有任何一隻魚願意為我停留。

你也沒有。

其實我們和魚群沒有什麼兩樣，對吧？

牠們總是知道哪裡有玻璃，也知道該往哪裡游。

我不怪你總是選擇陪別人一起落單，你不願意陪我一起落單，可能只是不知道我落單了。也或許你是知道的，只是真的不願意。

沒有關係了，我已經可以自己游回去。

我一個人看完原本和你約好要一起看的那部電影，想和你分享的時候，卻發現你的限時動態發了和女友的合照，是你第一次公開。我當下愣住了，卻也沒覺得意外，我知道無論我們再怎麼靠近，我都不會成為你身邊的那個人，有點釋懷但還是不免難過。認識的六年以來，身邊的朋友都覺得我們會在一起，你也向我說過，我對於你而言是很重要的人。可是你還是交了其他女友，當然你交了女友，我就會斷開聯繫，但情感上總是斷不開。其實一次又一次地看著你和別人在一起，我比誰都清楚，自己永遠都不會成為你身邊的那個人，想要放下卻總是放不下。這次看到你公開的時候，突然覺得，我好像真的可以放下了。我想和你說，我不後悔遇見你、喜歡你，我只是看清楚自己的位置了，不再聯繫就不會再有過度的解讀，所以我決定離開你了。

天氣好的話
我們去約會吧

在海邊散步
喝一口可樂
讓氣泡消融成
黏膩的甜

天氣好的話

我們去約會吧

先玩夾娃娃機

要約定好無論

重來多少次

都不要嘲笑彼此

你要記得在公車上

戴上有線耳機

一人一邊才會

比較浪漫

在海邊散步

喝一口可樂

讓氣泡消融成

黏膩的甜

剩下的冰塊

不要浪費

放進嘴裡也能咬碎成

遺憾的形狀

像我們

那天之後

沒有在一起很可惜，但謝謝你出現在我的青春裡，讓我
知道原來我可以這麼喜歡一個人。

─── 輯二 ───

暗物質

哪怕我拯救不了你

對不起。

我真的愛你，哪怕我拯救不了你。

但還是希望你知道，

我很愛你，儘管我拯救不了你。

你的房間從不上鎖，好像在向我揭示你所有的傷口。

你的房間有一整面的落地窗，但你不需要那麼多陽光，不需要那麼多灼熱來傷害皮膚，所以加裝了厚重的深色窗簾。

沒有陽光的時候更無所謂，你還有燈。對於陽光這種時而出現、時而消失的不穩定熱源，你更適合燈，足以穩定而持續地修補自己心裡的廢墟。

我說這好比一個走投無路的人忽然在滿目瘡痍裡看見一朵盛開的花。你說是的，但長在瘠土上的花隨時都可能枯萎，你想摘卻不敢摘，有些慶幸是自己看見了它最後一場的美麗，但也遺憾這可能是它最後一次的盛開。

因為迫切地想要抓住什麼，撈起自己即將溺死的靈魂。

你迫切地想要被拯救。

所以需要光和生機。你唯一的花就會繼續盛開。

我們不需要用盡全力去快樂。你知道，其實沒有關係。

在看著搞笑綜藝哈哈大笑的下一秒突然感覺索然無味，

在親友間的歡聲笑語中突然感覺失落，在浴室裡突然自己唱起歌來，在工作崗位上忙碌一整天之後突然感覺什麼都不想要了。

這些都沒有關係。
用盡全力去傷心我也願意嘗試去接住你每一次的墜落。

我愛你啊，連你心裡的廢墟也愛。
我愛你啊，如果我沒有辦法拯救你，你還會願意相信我真的已經盡力了嗎？

我看著你的眼睛，好像明白了什麼。
你總是阻止我拉開你房間的窗簾，只問能不能幫你開燈。
開燈就好了。

對不起。我真的愛你，哪怕我拯救不了你。
但還是希望你知道，我很愛你，儘管我拯救不了你。

我想和昨天的自己說：你沒有辦法拯救所有人，即使你
已經很努力嘗試去接住他們了。

相木日

原諒自己不夠明朗的

那一部分

在冬日的午夜看見

月亮躺在海面上

按下快門

再用相同的姿勢鎖定

畏光的自己

每天醒來都會換過一張臉

卻沒有一張是自己的

像那天看見的月亮

缺的某一部分

一直生長

一直死亡

沮喪的時候

和過敏的症狀很像

忍住不打噴嚏

就能成為唯一的贏家

原諒自己不夠明朗的

那一部分

原諒偶爾也有

辨認不出自己的時候

原諒偶爾畏光，但始終

堅定按下快門的你

那時被前一份工作和一些雞毛蒜皮的人事物給壓得喘不過氣，在一次劇烈的頭痛發作後的兩週，醫生給我的診斷是輕鬱症，儘管我不想承認，但確實感覺到「他」像個沒有安全感的小孩似地總纏在我的肩上，又或抱住我的腿耍賴，睡眠不好、吃得不好，我的世界似乎光圍著「他」轉了。於是診斷後的一週我決定離職，然後花了三個月調整自己並同「他」道別，當離別的氛圍使「他」感到不安時，「他」便使勁地折騰我的腦袋，漫無日夜的頭疼讓這個過程更加困難，但後來「他」似乎開始看見了外面更多有趣的萬物，「他」越走越遠，雖然偶爾仍會不安地回望，但我們終於不再只有彼此。

想死的時候
想像生活是一部電影

他們不會知道

多年以後

我才有了多年以後

有時候想就這樣死掉
找不到苦痛的出口
只好站在世界的邊緣
跳舞，然後暈眩

所有圍觀的人
彷彿在那一刻
都變成了石頭
而我只是
他們眼中的虛構

已經分不清
令人感到恐懼的
是即將倒下的瞬間
還是那個依然
渴望能被接住的自己

對於觀眾來說
這僅是電影裡一次

簡單的變遷

不管畫面裡火山噴發

還是板塊移動

他們只需要在意字幕上那句

多年以後

多年以後

或許會有考古學家發現我

用眼淚灌溉的墓碑

不在意我可能失蹤的明天

不在意拯救我的只有我

他們不會知道

多年以後

我才有了多年以後

當時還是高中生的我被父母軟禁在家裡讀書，和班上的同學也處得不是很好。被關在書房裡的時候，腦子裡都是各種與世界訣別的想法，想著就這樣消失了也好。那把握在手裡卻遲遲不敢劃下去的美工刀，還有書桌上寫滿厭惡自己話語的計算紙，被厚厚的教科書壓在底下遮擋著，我不敢讓誰知道。我想和當時的自己說，幸好當時再怎麼低落，都沒有真正地放棄自己，在很努力地掙扎過後，把自己從泥淖中拯救出來了。謝謝自己、謝謝當時的咬牙堅持，雖然偶爾還是會自我懷疑，但至少還能感知生活中的美好，也開始有了發自內心感到快樂的時刻。

保存期限

我們之間的某些東西也是如此，

沒有過期，只是放著放著就發霉了。

就像我們都知道，有些東西壞了就是壞了，

和保存期限沒有任何關係。

我知道你不是那種會注意有效期限的人。

當我每一次耗費很長時間站在冰櫃前，翻來挑去只為選上一瓶有效期限最久的鮮奶時，你總會笑話我的大費周章，你無所謂地認為只要在期限內喝完，那買的是哪一瓶根本沒有差別。然後我會朝你翻白眼，反正說得再多你也不會懂。哪怕連我自己已經記不得這樣的舉動究竟是怎麼開始，又是怎麼習慣成自然的。

回到家，你看著從窗戶曬進來的陽光附著在牆壁上，陰影形成了像是什麼東西碎掉的模樣──我不知道為什麼會想這樣形容，但我想不出更貼切的了。
剛放下手上的購物袋，你就彷彿被激起了興致一樣，說：「我們把棉被拿去頂樓曬一曬吧，再不曬太陽就要發霉囉，正好今天天氣這麼好。」

昨天的天氣明明也和今天的一樣好，為什麼你卻沒有想過要在昨天曬棉被呢？
所以你說，會過期的是好天氣還是棉被？

就像我昨天在收拾冰箱的時候，發現了上週買的那瓶鮮奶已經過了有效期限。

你笑嘻嘻地說沒事，就算過了有效期限一樣可以喝，只是沒有那麼新鮮罷了。只要還沒有變質，你都不在意，甚至保證會將它喝完。

我笑著聽，我沒有信。

儘管大多時候，我們不能用保存期限來分辨一件事物的新與舊。

許多比鮮奶之於我們的意義更加重要的東西，可能根本沒有確切的保存期限。好比那些你買來卻從來沒有穿過的衣服一樣，放著放著，你自己都分不清它們究竟算是新的還是舊的了。

我們之間的某些東西也是如此，沒有過期，只是放著放著就發霉了。

不是假裝沒事可以繼續喝下去的那種變質。

就像我們都知道，有些東西壞了就是壞了，和保存期限
沒有任何關係。

其實我們的感情早已破碎不堪，我想我們雙方都明白，只是為了面子、為了朋友，將分開這兩個字說得雲淡風輕。那天出遊後疲累的小睡，你一如既往地翻看我的手機，將一名男性朋友斷定為備胎，不聽任何解釋的你，在那天之後把我說成了你口中的壞人，也好，這樣你就能不帶虧欠與難過地去尋找下一段感情了。哪怕你清楚地知道，那位男性朋友是我高中時期的同志好友，不曉得你是不願意承認，又或是被你找到一個可以快速離開這段感情的藉口，都好，這一次你是真的永遠留在我的回憶裡了。

驚夢

我不知道

該用什麼方式說愛你

才能把你留下

我不知道

該用什麼姿態靠近你

才不會驚動你

我不知道

該用什麼姿勢擁抱你

才不會驚動你

我不知道

該用什麼方式說愛你

才能把你留下

我知道喜歡一個人並沒有錯，可是如果我知道結果是我
們不再說話，像陌生人一樣的話，我不會跟妳表白。對
不起，我還想跟妳當普通朋友，很荒謬對吧。

星星的眼淚

你在星星上安了家以後，

還是要好好照顧自己，

好好吃飯、好好睡覺、好好生活。

你要被安穩地愛著。

你好呀，我的光。

昨天太累啦，沒寫完這封信就睡著了，你應該沒有偷看吧？就算偷看也沒有關係，因為我決定重寫一遍，讓昨天的事就留在昨天，但我還是想知道，昨天的你過得還好嗎？有沒有按時吃飯？又熬夜工作了嗎？要好好照顧自己。

最近天氣暖和起來了，終於可以脫下厚重的保暖衣物，把春天的顏色穿在身上了。你說，今年的春天會是什麼顏色？我在嫩黃色和青綠色之間猶豫不決。換作是你，你喜歡什麼顏色？還是你有更好的想法。

突然想到，我一定要和你分享一件事，今天晚上走到陽臺吹風，照例打開手機播放出你的歌時，我竟然看見了星星。因為空氣汙染嚴重，我已經很久沒有看過星星了。

你有聽說過關於星星的一個傳說嗎？傳說每個人都是天上的星轉世而來，在世間經歷各式磨練之後，會回到自己的星座上，那裡累積了我們的生生世世。

說來有點丟臉，我看著看著眼淚就掉了下來，耳邊你的聲音還在唱著。

只是突然有點想你。
可是我找不到你在哪裡，你安全回到你的星座上了嗎？
屬於你的那顆星一定很閃亮吧。

有時候覺得你是離我很遙遠的人。
我寫了很多很多寄不出去的信，因為我知道就算寄出去也可能只是你收到的一大箱信件裡的其中一封，沒有任何獨特之處──或許你根本不會看見。但我並不為此感到失落，你是那麼好的人啊，你值得收到那麼多來自世界各地的真誠與愛意，就好像所有提筆為你寫信的我們是你虔誠的信徒一樣，甘願奉你為信仰。

你知道嗎？我很用力地在愛著你，很用力地為你活了下來。
一定也有人和我一樣，看見了你為我們點的那盞燈。

有時候覺得你也非常靠近過我。

我收藏了你最後一張專輯，反覆地聽；我存下很多你的照片和影片，反覆地看。我試圖從關於你的一切裡找出任何蛛絲馬跡，想精準地找到是從哪個時間點開始，你變得不快樂了。

原來我們是那樣地相像。

原來我看見的那盞燈，你是使其燃燒的火種。

對不起，我忙著讓你修復我的故障，卻忘了沒有人在拯救你。

你在星星上安了家以後，還是要好好照顧自己，好好吃飯、好好睡覺、好好生活。

你要被安穩地愛著。

下輩子。

下輩子，你一定要快樂。

想和我人生中最重要的偶像説，我很想念你，我會永遠記得你。還記得那天下午，我坐在教室裡，手機的訊息跳出了他輕生的消息，那個瞬間腦海的那片空白，當下我無法抑制眼淚，是我深愛了九年的人啊。他是我九年來唯一的念想，他最終拋下了這世界的一切，他説了再見卻再也不見。他是我生活的動力，是當我被憂鬱所困擾時療癒自己的存在，他卻先被憂鬱打敗，他擁抱了這世界上受傷的人們，卻沒能擁抱受傷的自己。他不會回來了，再也不會了。他總唱著自己的悲傷，卻沒有人能夠懂得他歌中唱的一切，是多麼可惜的事情，但我相信，在他離開的時候是快樂的，他終於能自在地做自己，也能成全自己了。

在你決心讓我成為你無法深刻的回憶後，

我才終於明白，

你渴望自由的眼睛，

原來也曾經那樣溫柔地看過我。

倘若有天，我不再年輕，我會忘記襯托著各式光鮮亮麗的水晶燈，忘記在那盞漂亮的水晶燈下等你的我。於是我也會忘記你的眼睛，淡漠的瞳孔，欲望直白。

那時候的我，或許會更偏愛家裡積了些灰塵的老舊落地燈。那種更輕易的感動。

我有時候會想，我迷戀你什麼呢？你哪裡值得我毀滅。你明明那麼平凡，絕對遵從內心的欲望和深淵，簡直世俗得不像話。

是不是正因如此，你愛一個人的時候會連我站起來夾菜都記得隨時替我護住衣襟，不讓沾到任何髒汙。不愛的時候，你連笑起來都只會成為我發炎的傷口。

我想留住你什麼呢？我能用什麼留住你。

你離開的那天清晨，穿著我初見你的那件黑色大衣（我甚至記不得是不是那件），你回頭朝我笑，眼波依舊溫柔，笑得讓我忘了永恆，也差點忘了眼前的真實。

我替你開了門，如同一個很普通的早晨，我們一起出

門買早餐那樣開了門，然後決心讓彼此從此走出對方的世界。

臨走之前，你送給我一盒拼圖，什麼話都沒有留下。

在你剛離開的那陣子，我也像那天替你開門一樣，進出過許多人的家。我們默許彼此在看著對方的時候想著別人，我們默許彼此在對方需要的時候毫無理由地靠近。

我們相互取暖，各自受傷。

你知道嗎？每次回到家，我都很努力在拼你送我的那盒拼圖。

每遇見一個新的人，我就可以找到我缺的那一塊。

是不是只要我拼完，你就會回來了？

可是我太累了。

為了無望的念想在假裝自己一切正常。正常地起床、正常地吃飯、正常地傷心、正常地認識更多人、正常地去付出些什麼。

差點忘了，你其實沒有承諾過我什麼。

可以代替永恆的太多了。幾杯咖啡、幾趟旅行、幾本書、幾個人。
如此一生，不過是你一個轉身的過程。

已經分不清是愛裡夾雜太多的不甘、疲倦還是刻薄，在你決心讓我成為你無法深刻的回憶後，我才終於明白，你渴望自由的眼睛，原來也曾經那樣溫柔地看過我。

原來，在決定愛你和放棄你的時候，我都在毀滅自己。

當時我在床上，旁邊躺著一個不過剛認識幾天的男生。事情發生時，我以為能忘掉一切難過、煩惱，和所有讓我不愉快的事。事情發生後，卻是無盡的後悔以及自我厭惡。我為什麼要為了一個不值得的人毀掉自己？事情的一切都是從和前任分手開始的。雖然當時分手是我提的，但我很想跟他復合，然而他已經不愛了。他說如果我跟別人有過，那他就不可能跟我在一起了。分手後，為了不讓自己再去跟他在一起，我開始找新的人。那陣子很抑鬱，雖然有去看醫生，但每次難過的時候就會做這件事情，我完全沒有難過的感覺，這讓我以為自己在痊癒。最近停止了這種行為，因為本來打從心裡就不覺得這是一件好事。但這種事情一定會跟定我一輩子，我開始後悔了，卻不敢告訴誰，就一直憋在心裡。可是我發現我沒辦法控制難過的我會做什麼事，很怕有一天我又會重蹈覆轍。

何不從頭來過

你沒有問過我願不願意

成為你日後的囈語

有時候人與人之間的糾纏

如同繫鞋帶

為的是行走方便

因此心甘情願

可總有人認為不過是

作繭自縛

想像你是我小心翼翼

捧在手裡不讓熄滅的火苗

取暖至天明

如同一種相互浪費

你沒有問過我願不願意

成為你日後的囈語

如果可以

像重新認識那樣

讓我們死在彼此心裡

一點不留

我時常搞不清楚我們之間究竟是怎麼一回事，或許他也已經搞不清楚，他對我四年來的感情到底是喜歡還是執著。和他約定好來南部替我慶祝生日的前一晚，我的母親陰錯陽差地得知了我們之間的事情。我曾經因為心理壓力以及創傷所以有去看過醫生，那時我抵抗著自己的壓力，也同時承受著他的心理問題。因此，在母親得知我一直幫他處理情緒問題後，相當討厭他，更是強硬地要我回家，於是慶祝的事情被我用拙劣的謊言拒絕了。在生日過後的三天，他來到我的大學，塞給我禮物後便離開了。我當下甚至只來得及說謝謝，就看著他離去了。他不會知道，其實拿到他的禮物後，我自責地哭了。過了兩個禮拜，他便找到了女朋友。我多麼希望他是真的幸福，然而他卻在社交軟體上，不斷地把自己陷入一個低潮的情緒，不斷地一直訴說「寬恕自己、寬恕那個人、寬恕那個謊言」，我知道我不能再假裝無所謂下去。我想和他說，希望我們能放過彼此，到時候重新認識，好嗎？

誤點

只要我不擁有你，你就永遠美好，

我就可以永遠不失去你。

你會為了不錯過在每天早上六點四十分準時出發的這一班火車而奔跑起來嗎？

我有時候會，可能是因為提早出門所以恰好趕上，也可能是因為不想多等那十五分鐘去等下一班車，儘管我不在乎遲到不遲到；我有時候不會，可能是因為前一天晚上熬夜所以隔天早上睡過頭，也可能是因為我忽然就願意多等那十五分鐘，沒有為什麼，毫不在意那班火車上是不是有人費盡心思，打算為我們即將的遇見創造機會。

我早就知道，當時的你除了知道我在哪一站上車之外，甚至知道我習慣在哪一個車廂上車。
你沒有在月臺看見我的時候，會感到失望嗎？你隔著即將關閉的車門看見正搭著手扶梯上來的我，會不會在心裡埋怨我怎麼沒有試圖奔跑？

雖然我不知道這一切是誰的錯，但還是對不起，我為我的自私道歉。你那樣隱晦的費盡心思卻只夠遇見一半機

率的我，而我遇見的是全部的你。

我們真的曾經很靠近，對嗎？在我願意奔跑起來，而你願意笑著喊我的名字說「又遇見了」的時候。

所以你說，人的一生中到底可以遇見多少人呢？或者說，一個人究竟可以被同一個人遇見多少次？自主把對方加進通訊軟體的「我的最愛」那一欄的那種遇見。

這讓我很苦惱。因為有時候，我並不需要那麼多次的遇見。就像我願意把你置頂，但沒有接著做出將你移進「我的最愛」這種我認為多此一舉的行為一樣。

畢竟我是那麼篤定，你不會被更多新來的訊息淹沒，不是嗎？我隨時能看見你。我以為我隨時能看見你。

我們要遇見多少人，才能將其中一個人擺放進「我的最愛」？

我們要遇見同一個人多少次，才能義無反顧地為他奔跑。

我們其實都沒有真的盡力對嗎？

有時候我會感到可惜，有時候不會。
只要我不擁有你，你就永遠美好，我就可以永遠不失
去你。

我始終覺得我欠你一個道歉，只是我大概都不能和你
說吧。對不起啊，我當時沒發現，其實我喜歡你。一直
到畢業分開之後我才明白，那些與你一起的時光有多麼
珍貴，我並不是不習慣你在身邊，而是希望你能繼續在
我身邊。他們都說你高中時喜歡我，還問我到底是怎麼
看你的，我的回答從「只是朋友」逐漸變成了「我不知
道」。最後，因為我的後知後覺，也可能是因為你的不
坦率，我們錯過了。我真的很後悔啊，我們曾經那麼靠
近，如今卻連見一面都要想個理由。或許有一天我們再
遇見，我就能坦然地跟你說：「你知道嗎，我之前喜歡
你呢。」但我遇見了另一個他了，我好喜歡好喜歡他，
所以啊，我只能把你留在昨天了。謝謝你來過我的青
春。希望下次再見時，你還是那個美好的少年。

預謀犯罪

如果妳也願意

我想邀請妳一起

一起指認

關於愛的真相

深呼吸

不能讓妳發現

我為什麼沉默

臉紅不是我的本意

是妳的眼神如同愛撫

在狹窄的密閉空間裡

所有對話都能被接住

溫度因此升高但

我依然清楚

真正讓我發燒的是什麼

等著種子的發芽

一天一天

像已經能看見

之後的盛開

而妳是我貪婪的溫床

滋生我的情與欲

我是我自己的目擊證人

如果妳也願意

我想邀請妳一起

一起指認

關於愛的真相

我是女生，我喜歡上了我們學校籃球隊的女教練。上學期上了她開的籃球課，她是一個漂亮且有內涵，做事認真又負責的人。每堂課她都會親自下來和我們打球，我也與她變得越來越熟，開始多了些互動，感覺像是認識了好久一樣。一次和別人聊天時，意外得知她也喜歡女生，但我們相差了十一歲，雖然她總是與我們這個年紀的學生相處在一起，加上長得也很年輕，可我還是害怕這樣的差距她不能接受。所以我始終不敢前進，害怕破壞了現在的關係。其實有很多細節都會讓我忍不住去猜測她是不是和我抱持同樣的心情，比如那時候我問她下學期開了什麼課、可不可以去旁聽，她笑著說當然可以。我想她會覺得我只是在開玩笑，所以害怕我真的去了她會嚇到，殊不知她在第一堂課就問了我的朋友為什麼我沒去。好想知道她會不會介意我們之間的差距，我真的不夠勇敢，如果她也喜歡我的話，我可以不勇敢地等她走向我嗎？

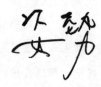

為了更好地愛人我們要不停變換姿勢——

要找到合適的相擁姿勢，

再剛剛好地被裝進同一個箱子裡，

偶爾還可以一起翻個身。

保持同一個姿勢久了會感覺疲憊，這很正常，也很健康。

所以，同一個姿勢究竟能維持多久？有些人可以在大太陽底下站上半個鐘頭，有些人可以坐在電腦前三個小時，有些人可以平躺在床上整個下午。

你知道這其實毫無可比性，就像有些人不喜歡大太陽，有些人抗拒輻射，有些人更習慣側躺。

為了更好地愛人我們要不停變換姿勢——要找到合適的相擁姿勢，再剛剛好地被裝進同一個箱子裡，偶爾還可以一起翻個身。

我們也曾是如此。

可是已經不知道是第幾次，在翻身的時候被你壓住頭髮，換了姿勢卻感覺更加疲憊，再怎麼用力擁抱彼此還是難掩空虛與疼痛。

是時候離開箱子了。

離開之後，我們都會找到更好的姿勢。

然後，與彼此無關地繼續活下去。

提出分手的那天，你從一開始的冷靜，到最後像個孩子般挽留我，無論是怎樣的你都一樣能勾動我的心，但我不能回頭了。親愛的，我已經不能再承受這段感情的任何波動了。我想把兩年多的回憶當成昨天，告訴你、也告訴自己，那些都過去了。兩年多的情緒勒索導致我心理也生病了，沒有人比較好過。分開的這些日子，每天被過去折磨著、找不到生活的意義，也走不出陰影。現在我想與你好好說一聲再見，好好和你告別，我要去找尋新的自我了。無論如何，我依然希望你安好。

最好的時機

把他的好與壞

————————

全部吃掉

泡一碗泡麵

餓得頭昏就不會在意

有沒有剛好

等待三分鐘

你只是遇見他

在你不餓的時候

你知道那三分鐘

是種心理學的把戲

香味刺激鼻腔

久了就會

慢慢變得麻木

你還在等

你要找到

最好的時機

泡爛了也沒關係

把他的好與壞

全部吃掉

我們是在Tinder上認識的，老實説聊天聊得很愉快，所以我們很快就約出來了。大概吃飯吃了十次左右，他就跟我告白了。我很開心，但這種開心卻伴隨著不安，我當下並沒有給他答覆，因為他年初才跟交往三年的女友分手，我怕我只是他空窗期的替代品。沒給答覆的我卻還是繼續與他維持一起吃飯、牽手和擁抱的關係。我在懷疑我是不是不夠喜歡他才不給他答覆，我覺得我會答應，但是總覺得還不是時候。現在變得好像只是我在單獨享受他的溫柔而已，覺得自己是個爛人。

就留在彼此的

記憶邊緣好嗎

為了更好地活下來，我不能。

我不能承認離開你以後，

我並沒有比較好過。

"It turns out freedom ain't nothing but missing you.
Wishing I'd realized what I had when you were mine."

Taylor Swift〈*Back to December*〉

關於你，我知道的不多。

你的出現是如此平凡無奇，如同我在一個早晨，出門買早餐的時候，隨手從在街上宣傳的店員手中接過的折價券一樣，甚至沒有想過要特地為你停下腳步。

你和生活一樣，沒有情節可言。

我似乎從來沒有認真地描繪過你的輪廓和語言，我以為你只是，只是很淺薄地擱淺在我記憶的邊緣。於是我就輕易地認為，忘記你該是一件容易的事情。

和失去同樣容易。

那天，我和一群陌生人一同擠在狹窄的車廂裡，忽然想和你說聲對不起，我知道自己還是太過膽小了。我敢

於與素不相識的人們背貼背、手臂碰著手臂，汗液混合著誰的呼吸起伏，如同冷氣與體溫之間的較量，不相上下。而這樣勇敢的我卻不敢將那封兩千多字的手寫信親自交到你的手上。

對不起選擇放棄你，就像那時候為了和你在一起，我願意讓某一部分的自己死去那樣，放棄你。當你收到那封信的時候，你也會收到某一部分的我，你可以吃掉，如同把傷心一併吃下去，消化過後會感覺夜晚總算不再漫長，希望你能擁有美夢，不要學我一樣失眠好幾個日夜。

為了更好地活下來，我不能。
我不能承認離開你以後，我並沒有比較好過。

前幾天我向你提出了分手。我用盡各種方式向你表達我的想法，你只留下一句「我懂了。」沒有生氣、沒有挽留，更沒有抱怨，就安靜地替這段關係畫下了句點。其實我沒有想到你的反應會是如此，我以為你會想談談、會想說這段時間你覺得委屈的地方，但你到頭來什麼都沒說。那時的我，其實很想對你說謝謝，謝謝即使是我選擇結束，你仍用最保護我、最包容我的方式同我道別，明明受傷的人是你，你卻一句多餘的話都沒有說。後來你的朋友跟我說你喝酒了，在我印象中你從不喝酒，因為你會過敏。要不是我連續失眠了五天，吃不太下東西、動不動就想哭，我還真的會以為你從來沒有出現在我的世界裡，也以為我足夠雲淡風輕。其實放棄你這件事，我想過好久好久。因為和你在一起，我失去了很多，包括我曾經的摯友，我們之間也有很多的摩擦，這一切都壓得我喘不過氣。對不起我還是選擇失去你，然後瞞著全世界假裝自己不傷心。

鏡子裡的祕密

我有時候不敢看你。

我怕我們把彼此看得太清楚，

我們就不能靠近、不能相愛。

每天照鏡子的時候，我都會想到一個永遠無解的問題：如果有一天，全人類都被感染了一種不知名的病毒，只要一照到鏡子，就會看見其內心的具象化。那麼，你覺得自己會是什麼模樣？

我想著這個假設問題的時候，卻沒有認真想過自己的答案。我急欲去尋求他人的回答。有人說覺得自己會是一場不停歇的大雨；有人說覺得自己會是一面結了霧氣的玻璃；有人說覺得自己會是一次走投無路的選擇；有人說覺得自己會是一顆永遠在逃亡路上的蘋果。

我們說著說著，好像自己真的就是那個模樣。
會不會到最後，我們都分不清楚自己究竟該是什麼模樣。

我們該是什麼模樣？
你看見的我和我看見的自己是一樣的嗎？

如果我看見的自己是一艘破舊的船，你能夠是溫柔地托著我繼續前行的海嗎？

如果我是一片焦土，你是曾經使我受傷的火，我們還能相愛嗎？

我有時候不敢看你。
我怕我們把彼此看得太清楚，我們就不能靠近、不能相愛。

我也不敢把自己看得太清楚，我怕把自己看得太清楚，我就不敢愛自己。

那天帶著一身疲憊回家，吃飯前洗手，一抬頭就看見鏡子中自己的模樣，一清二楚，所有平時沒注意到的都顯現在鏡子中。才發覺，原來別人眼中的我是這樣的。開始反思自己的內心是不是也像外在一樣有那麼多缺點。真希望鏡子不要將我照得那麼清楚，我就不會有這樣的感覺了。

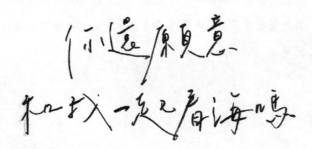

你還願意

和我一起看海嗎

人類的情感要放大來看，還是縮小來看，

怎麼樣才會比較好看？

似乎無論如何都會使得我們面目全非。

你是我往後的每個夏天都想一起看海的人。

這句話的意思不是一定要看海，看海只是個適合放在開頭的動詞。看不看海並不那麼重要，如果我真的在意看海，不會在看海的時候記得你看的原文版《傲慢與偏見》的書皮顏色是什麼，不會在看海的時候將你對我說的話記得一清二楚，更不會在看海的時候發現你是在哪一個夏天離開的。

我只是希望你知道，有些事情對當時留下這句話的我來說很重要，比這句話本身還要重要。重要到，能夠給我後來的失落一個完整的交代。

你和我有相同的感覺嗎？看海的時候明明你就在我身邊，卻覺得彼此很遙遠，遠到只能是我和你，而不能是我們。

你知道嗎？我最近搬到了一座濱海的城市，還擁有了一扇大大的落地窗，底下移動的人與車都變得小小的。但

是為了這扇落地窗，我沒有辦法再擁有一個書櫃，只好將書本隨意堆疊在地上。你一定會感到驚訝，就連《傲慢與偏見》都不願意看完的我，卻開始研究起了宇宙——至今我仍然沒有搞清楚，究竟是宇宙的未知還是人類的情感，哪個更為複雜難解？

前幾天我看到一則新聞，說收到了來自天鵝座萬年前的來信。聽起來很神奇對吧？這樣看起來好像是指遙遠的他方還有一個我們一無所知的文明，但實則不然，這裡說的是一種宇宙射線，所以理解成是一種訊息似乎也沒有什麼不對。
這麼一想，我們之間的距離好像其實很小很小——你看，天鵝座距離地球是以光年為單位。

人類的情感要放大來看，還是縮小來看，怎麼樣才會比較好看？

似乎無論如何都會使得我們面目全非。

你是可以陪我一起看海的人，在你離開以後，你依然是
我在看海的時候就會自然而然想起的人。我知道你不在
意天鵝座還是其他什麼，請原諒我，在你離開之後，我
看見什麼都會想起你，就算把你送給我的你的幸運手鍊
收在抽屜最深處也沒有用。

真希望我能是你在不看海的時候也會想起的人。

或許我們一開始的靠近就是帶有別樣的目的，兩週後我們開始了每天半夜講電話的生活，一起討論著對明天的規劃。聊天室裡的內容雖然日常而瑣碎，卻有種平淡的幸福。我們是幾乎相反的人，但正是如此才更渴望了解，你有著你的小怪癖，我有著我的堅持。可我們終究跨不過注定分歧的未來，大概從一開始我就知道我們不可能在一起，你出國念書的日子一天天倒數著，我們的距離也在一天天地拉遠。或許是因為那份很晚才被承認的喜歡，我選擇模糊你推開我的那段記憶，只留下在海邊你看著我的眼睛對我說的那句：「妳真的很美。」這是最後一次和你說了，我喜歡你，再見。

標本

想把自己做成標本

並且禁止

入內參觀

這幾年以來，我想過好多好多自己突然被難過吃掉，然後碎在世界裡的樣子，就像我從來沒有存在過一樣。我不在乎會不會有人記得我，我只想要自己的腦袋停止轉動、好好地消失，再也不要有「我是我自己」這樣的意識出現了。

輯三

腹語術

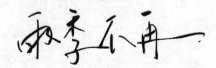

無關誰原諒誰。

只是偶爾會感到失望，

原來，我愛的那些人都不能成為我的痊癒。

每天早晨醒來，看著窗外灰暗的天色，我習以為常地下床洗漱，吃完早餐後，要記得把衣服收進來，我知道很快又會下雨（雖然天氣預報從來不說什麼時候）。

我通常會在吃早餐的時候收到你傳來的訊息，你說希望今天雨不要下太大，你穿了新的鞋子要來見我。我照例提醒你記得帶傘，然後補充一句想快點見到你。

說不定今天可以是好天氣，你說呢？

在我把衣服收進來以後，門鈴就會響起。

我笑著迎你進門，你會給我一個大大的擁抱，然後向我展示你的新鞋，上面乾淨得沒有任何髒汙，像你一樣。

只要沒下雨的時候，你的好心情顯而易見。我跟著笑了起來。

向來如此，我們之間不知道是愛、寂寞還是欲望，總是可以蔓延得如此之快。我甚至以為你是組成我的一部分，讓我幸福得恍如日常，卻也讓我疼得那般輕而易舉。

但是你知道，好天氣是有，但更多時候都在下雨。

而我知道你向來不喜歡雨天。你是一個連面前有一灘水，都會試圖繞過的那種人——如果靠近我的每一步都是乾燥的，想必你能夠走得更穩妥吧？

只要雨下得太大，我就會知道，我等不到你來了。

半夜獨自醒來，外頭雨聲嘈雜，只好假裝那是愛人的聲息，替自己蓋好棉被，再重新睡去。

這沒有什麼，不是你的錯。無關誰原諒誰。

只是偶爾會感到失望，原來，我愛的那些人都不能成為我的痊癒。

你是那麼討厭雨天的人，哪怕你曾經嘗試為我走進雨裡。

其實你從來都沒有做好和我一起淋雨的準備吧？你只是剛好替我撐了一段路的傘，卻因為我被淋濕了肩膀。就像你以為你的傘面足夠大，而我以為我們足夠貼近。

如果我有傘，你會愛我嗎？

這個問題並不重要了，因為你再也不用擔心被淋濕了。

謝謝你的存在，讓我體驗到第一次的幸福。有你在的日子，讓我吃的贊安諾都像裹了一層蜂蜜，儘管我還是痛苦，卻因為你而慢慢有了陽光。直到你說你受不了了，再也無法承接我的悲傷，因為我讓你也變得像我一樣。我很抱歉沒能實現我應允你的承諾，我還是沒能好起來，讓你的晴朗也跟著淋濕。對不起。分開好幾個月以後，我變得越來越糟，連哭的力氣都喪失了，不過，這些你再也不會知道了。我愛你，我要保護你。只是突然想起，我好像從來沒有好好地對你說過再見，希望我打完這些就能把你留在昨天，再見。

貝殼
沒有告訴你的

你不知道，

我後來在貝殼裡聽到的，

都是你說愛我的回音。

親愛的爸爸，最近你過得還好嗎？

很久沒有收到你的消息了，你現在又在哪片遙遠且我未曾踏足過的土地上逍遙著？在你為哪一片風景駐足留戀的時候，有想起我嗎？想起我的時候，會願意給我寄張明信片嗎？

又到了適合看海的季節。我還記得那年，你開車帶著我們全家人去到一個海邊，當時你配合著我的任性與貪玩，將寬大的手掌攤開，做我暫時的收納盒，置放我一一撿起的貝殼。

「爸爸，你喜歡哪一個，讓你先挑。」我豪氣地說著，彷彿自己是坐擁萬千城池的王，剛打完一場漂亮的勝仗，正在分配戰利品們似的。

你只是笑，佯裝認真地選了其中一個貝殼。「就這個吧。」

後來我沒有把任何一個帶走，我以為你也是。

我以為你只會當那是我調皮罷了，怎麼可能認真呢？其

實你是聽得懂的吧，你知道我說的是玩笑話，但你仍然願意將其放在心上。

「據說貝殼可以聽到大海的聲音哦。」你這麼說。
標明「傳說」或是「據說」都具有強烈的浪漫色彩，如同一種信念、勇氣。但是爸爸，其實我都知道啦。貝殼裡能聽見大海的聲音原因不是你說的那樣，不是所謂的魔法還是其他什麼神鬼故事，現在的我已經學會用更科學的角度去相信一些事情。

啊，說到貝殼，我想到這幾天看到的一篇文章，是在詢問人與其他生物究竟有沒有前世和來生，底下大家討論得熱烈，紛紛把發生在自己身上的經歷分享出來。他們都因為那些只能用「緣分」來解釋的事情而更加堅定地相信著萬物是有生生世世的。

不是有一句話是這麼說的嗎？女兒是父親前世的情人。所以這輩子，我們是怎麼成為骨肉相連的家人的呢？我們在上輩子有過怎樣的牽扯。這輩子的牽扯足夠我們在

下輩子再次成為家人嗎？

我曾是堅定的唯物主義者，已經很久沒有去相信那些無法以科學論證的事情。但此刻我願意為了你相信，相信我們有前世與來生，相信我們之間至深的羈絆。

就像把你已經離開的事實說成是你去遠行一樣，如今，我要戳破這個無謂的信念了。
你會原諒我的，對嗎？

我很想你，爸爸。
但是你不知道，我後來在貝殼裡聽到的，都是你說愛我的回音。

那天下課，學姊跑來我們班門口喊我，請我到教官室一趟，當時爸爸病危，離開教室的我大概有個底了。我匆匆回到教室收拾書包，到家時就聽見念經的聲音了，隨後看到平時嚴肅的爺爺臉上已有淚珠——真的是我想的那樣，毫無偏差。我難過到流不出淚。告別式那天，我收拾爸爸遺物的時候，看見他手機裡的最後一段話是：「我很愛妳，我的女兒。」他好像知道自己會走。其實這是爸爸離開的第四年了，也是我第一次說出這個故事，我想我是能慢慢接受這個事實了，以往還會用他去旅行這個藉口來欺騙自己，但最近好想他啊，所以我接受自己長大了，不再對自己說謊了，畢竟這是我人生的一部分呀。

尋常的哀愁

販賣過時的寂寞

像在不斷提起我

綿延一生的傷口

從什麼時候開始

我住在一座島嶼上

販賣過時的寂寞

像在不斷提起我

綿延一生的傷口

在河結冰的時候

用潮濕的火柴點亮

每一盞路燈

或去擁抱一座

永不消融的冰山

如果可以

就點一根蠟燭許願，許願

讓雪偶爾也

慷慨地下在我的面前

感到生鏽的時候

就給自己的靈魂塗鴉

然後一一細數那些

尋常的哀愁

好像這樣

就能讓自己再一次相信

這只是世界

保護我的一種方式

睡眠障礙是惱人且使人害怕的，在服藥後所感受到的安眠，會讓我不敢嘗試反抗。就這樣，藥物治療已經到了第三年，我沒有一開始那麼痛苦，可是也沒有一般人的自在快活。到了現在，我仍然要撐起泡在藥物裡的身子，才能好好度過我無數次都想按下快轉的每一個夜晚。我想和我的失眠說，或許每天從夜幕降臨至天色漸亮，我還是需要你的陪伴，在無數種失落之中，好好悼念我曾經有過的純真與無憂。你保護我脆弱的那一部分，但也讓我以為已經足夠堅強的那一部分變得更加脆弱。

同一件事

你因此搞不清楚

快樂和痛苦是不是也是

同一件事

為了活下來

有人尋求一種

取悅自己的手段

也有人只在乎

折磨自己的代價

能換來什麼

對你來說

它們好像是同一件事

選擇什麼都只會陷入僵局

你因此搞不清楚

快樂和痛苦是不是也是

同一件事

你因此感到抱歉

就像有時候會困惑

發生在自己身上的每一次海嘯

到底是一種喜歡還是

討厭自己的表現

大概從兩年前開始，我對自己的身形感到厭惡，開始無止盡的減肥。最初當我吃多了，我會穿上厚重的外套，然後拚命運動，希望能讓自己的罪惡感就此消失。但隨著日子一天一天地過，每當我開心享受美食後，我總在思考如何將熱量和罪惡感一起拋開，於是挖著喉嚨一邊哭、一邊吐這樣的舉動逐漸變成我的日常。當我壓力一大，我便無節制地大吃，吃完又繼續吐。久而久之，催吐便成為我發洩壓力的方式──把今天的不愉快吐出來、把壓力大無節制吃進去的熱量吐出來、把自責與罪惡吐出來。吐的時候我很難受，但同時也覺得鬆了一口氣。我討厭這樣，我明明想好好對待自己、愛自己，卻無法控制自己的行為。我對這樣的自己感到很抱歉。

失落文明

妳要知道，妳對抗宿命的時候很美。

我離開妳之後，妳依然很美。

在最熱鬧的季節，我最容易想起妳。

走在人潮洶湧的大街上，聽著店家播放那首曾經紅極一時的經典歌曲，買了一支巨無霸的霜淇淋（必須要是綜合口味的），還花了一百塊錢結果只夾到一隻我不喜歡的娃娃，我努力和每個陌生人保持安全距離，卻還是被一個陌生人搭訕，偶爾的交換行為彷彿可以看見彼此被時間磨損的痕跡。

在各色喧囂裡，我感覺自己正健康地枯萎下去。
然後我想起了妳，想起我們也曾經來過這裡，也經歷過這些芝麻小事。不要臭美啊，我並不是為了想起妳才來到這裡，只是因為來到這裡而想起了妳。

我時常想起妳，像想起一座失落的文明，而我是曾經的居民。

那些微小但足以填飽名為快樂的胃的回憶，我都是和妳一起度過的，而剩下的都是我自己度過的，像度過一個冰河世紀那樣費盡力氣。

可是妳不知道，這一切妳都不會知道了。

下一次妳來到這裡，身邊會是更好的別人了吧？

想起妳就想起今天是妳的生日，想起在最後一次見妳之前的妳的生日，我和妳說了最後一次的生日快樂，還寫了給妳的最後一張明信片，落筆的時候已經不需要為誰的疼痛做任何註解，所有的潛臺詞都指向分別，而我們都無路可退。

對不起，接下來的一切我都不能陪妳一起度過了。往後，妳要有推翻一個盛世的勇氣，然後將其輝煌流傳下去。妳要繼續變得不再像我熟悉的妳，我的愧疚才能逐漸消散。

妳要知道，妳對抗宿命的時候很美。
我離開妳之後，妳依然很美。

這不是我第一次想要離開她。我們在彼此身上留下的疙瘩太多，能一起談天的共通話題也所剩無幾，以至於我沒有辦法再繼續與她相處，所以當時我跟她坦承了，承認自己沒有辦法再繼續與她相處了，我們之間需要一點距離，而她也同意了。我之所以這樣跟她說，是因為我怕我再繼續和她做朋友，我會真的討厭她，所以我必須離開她。距離最後一次見她，已經是將近四年前的事情了，我只能從社群裡得知她的最新消息。其實我想向她道歉，為我們最後一次不歡而散的溝通道歉。儘管直到現在，我仍然清楚，如果要再做一次選擇，我依舊會堅持離開，只是當時我太急著要從她的身邊離去了，我知道我讓她受了很大的傷害。可能現在的她已經釋懷向前走了，但是我們彼此一起度過的每個瞬間，我依然能在日常裡找到痕跡，只因為與她的那段時光，我是真的很開心。我始終感謝那段歲月裡的我們。

破綻

說不定到時候，

你的真實只會成為我的惡夢。

我喜歡你是遙遠的。這樣就很好。

你的孤獨、仁慈、溫柔，如此貼合我的想像和虛妄。

要是靠得太近了，近到我能清楚感受到你的質地、氣味、肌理，影子因此而重疊，光線就會穿透你的瞳孔，暴露我們唇齒之間的秘密。

說不定到時候，你的真實只會成為我的惡夢。

可是那天，你穿著粉色的鞋、提著黑色的行李箱，從我身邊經過，沒有給予我半點目光。

那一瞬間，我竟然發覺自己有點恨你。

其實我們不認識彼此，但我很愛你。

荒島求生

為了和你一起，

就這樣死掉也沒有關係。

最近才發現，曾經我以為已經倒閉的我鍾愛的咖啡店，原來在我家附近重新營業了。它還是那樣熱鬧，往來的顧客絡繹不絕，對於我曾為它心碎這件事毫不知情。

那些坐在店裡談笑風生的人們是偶然經過才選擇走進來的嗎？他們在猶豫要點什麼飲品的時候，是看著菜單上標註著「熱門」兩個字來決定要為哪一樣買單的嗎？

我站在門外，不敢走進去。

哪怕從店面的透明玻璃看進去，就能對內裡的一切一目了然，不只對我開放，對經過的路人也是。裡面還有空位，好像在告訴我：我只要現在走進去，我就能比後來進來的人更早地占據其中一個位置。

我只是怕，怕再一次走進去，我就走不出來了。

如果不走進去，我還能說服自己就當它真的倒閉了，然後去嘗試其他間的咖啡——哪怕我清楚地知道，只要一想起咖啡，我想起的還是這一間店，只有這間店能煮出我要的味道。

門內的店員透過玻璃看見站在門口的我，笑著開門邀我入內，好像已經知道我會妥協。店裡的裝潢不一樣了，不是我熟悉的法式，而是換成了溫暖的北歐風。

我知道如果要留住你，就要習慣這樣的你，習慣你會被分給更多的人。
他們只要走進來，就能輕易地占據其中一個位置，就算沒有空位也不會感到可惜。會感到失落的是不是只有我？

看見牆上掛著一幅世界地圖，我忽然想起了以前很流行的一個問題：如果有一天流落荒島，你只能擁有三樣物品，你希望是什麼？

你當時一本正經地回答了什麼，我根本不在意。
偷偷告訴你我的答案吧——我只想帶上你。

所以，如果可以的話，我們一起去荒島吧。就我們兩個。

為了和你一起，就這樣死掉也沒有關係。

我想和我的朋友說。最近總是很敏感，身邊只有你可以說內心話，雖然之前被你傷害過，卻還是決定原諒你。雖然嘴上說原諒，但是內心還是害怕會再次被你背叛。我知道既然自己已經答應原諒你，就應該好好地原諒你，可是我總是患得患失。有時候真的不知道該找誰說話才好，越來越難找到可以信任的人，你跟別的朋友走得太近我又容易感到失落。

不藥不癒

你相信嗎

其實我真的願意

陪你一病不起

我是每次

玩捉迷藏躲在櫃子裡

都被遺忘的那一個

遊戲結束後只有你

會替我打開門

在黑暗中凝視彼此

假裝糾結

擁抱究竟是誰

先發出的邀請

指上的繭

已無人在意

像反覆地聽一首歌

去熟悉旋律

哪怕永遠搞不清

歌詞的涵義

像穿一件衣服

去感受它的質地
而不去計較
內裡錯亂的針腳

你相信嗎
其實我真的願意
陪你一病不起

我以為你會被我的空洞和枯萎嚇退，可你卻義無反顧地給予我愛與溫柔，讓我從此豐盈，而我卻發現你其實痛苦、混亂，我感激你，卻拯救不了你。

大家都說擁有痛覺的人是幸福的。

只要我維持住疼痛的幻覺，

就能一直幸福下去吧？

你知道有些人是感受不到疼痛的嗎？

在被熱水燙到的時候，他們不會知道有多痛；在柏油路上跌倒的時候，他們不會知道有多痛；在不小心咬到舌頭的時候，他們不會知道有多痛；在眼睫毛掉進眼睛裡的時候，他們不會知道有多痛。

意思是，他們不知道疼痛是什麼的同時，也不知道自己受了怎麼樣的傷。

他們感覺不到痛，但傷口就在那裡了。

你有想過嗎？在他們被熱水燙到的時候，知道那是燙的、是會使他們受傷的嗎？他們或許知道那是燙的，但不知道有多燙——有達到能夠使自己受傷的程度嗎？

如果能夠擁有痛覺，是不是就能幸福一點？那種「啊，原來這就是被燙到的感覺」的幸福——原來不需要製造多大的傷口就能感覺到疼痛。

擁有痛覺的時候，好像就能把那些傷口當作光榮的勳章、活下來的證據；擁有痛覺的時候，才能在碰觸死亡的邊緣時更用力地活下來。

就像我為了活下去，有時候必須假裝擁有痛覺。
大家都說擁有痛覺的人是幸福的。

只要我維持住疼痛的幻覺，就能一直幸福下去吧？

最近的每一天，我努力用時間填滿每一個時間軸上的單位，然而越是這樣卻越空虛，越感受不到真心——我不知道我感受不到的是「真心」還是「感受」。每一次我想與人好好交談，卻在點開朋友的視窗以後，不知道到底該說些什麼。好像越長大越無法感同身受，已經好久好久感受不到別人的真心，看到朋友虛偽的回覆反而更加痛苦，所以又將視窗默默關閉。其實就連此刻，我都有點想關掉這個視窗，連和自己對話都想逃避，但還是強迫早已成為一團混亂的自己，能夠留下些什麼。

你毀滅得太漂亮

沒有人相信

那是你絕望的謊

當時我人在學校，參加了一個活動，我緩緩畫出過去求
學階段在學校遭遇長期霸凌的事情。講解時，我的淚水
止不住了，徹底崩潰，後來老師和同學安慰我，淚水才
慢慢止住。我想跟我的傷口說，希望它不要再潰爛了，
我不想讓自己一直陷入疼痛的漩渦裡。

結局之後

我應該在你決定牽起別人的手之前喊停。

這是我能給自己最好的結局。

小時候嚮往童話，因為那聽上去很美好。

去查詢童話的意思通常會出現「兒童文學體裁之一」和「多敘述神奇美妙的故事，啟發兒童的心智，增加幻想的空間」這類的解釋。

從老套的「很久很久以前」開始，高大英俊的王子會對美麗善良的公主一見鍾情，可能還會有許多可愛的配角（對，你知道甚至不限於是人類），以及一些壞得很徹底的反派，接著會出現一系列根本禁不起推敲的情節，好人終於打敗了壞人，就能夠以那句「從此過著幸福美滿的生活」作為結尾。

不知道是因為是童話所以要有美好的結局，還是一定要是美好的結局才能被稱作童話。

這樣說好了，你一定聽過《一千零一夜》吧。

裡面有一個國王，在發現自己的妻子不貞之後，開始痛恨起世界上所有的女人，決定以每日娶一個少女，隔天就將其殺掉作為報復——他再也不相信有人躺在自己身邊時，心裡想的會是自己。直到有一天，有一位勇敢的

少女為了拯救其他無辜女子，自願嫁給國王，然後在每天晚上講故事給國王聽，卻從來沒有在天亮前講完過。少女用故事吊著國王的胃口，國王便允許她再多留一夜、再多留一夜。她的故事總共講了一千零一夜，國王終於被感動，決定與她白頭偕老。

如果一開始沒有那位勇敢的少女，你說國王會將他殘忍的行為繼續下去嗎？如果國王不喜歡聽故事，那少女還會選擇用這種方式爭取存活的機會嗎？恐怕就連國王自己都分不清他愛上的是少女，還是她口中那永遠不會完結的故事——沒有辦法，故事的結局只寫到這裡，故事不要你去思考故事之外的事情。

如果國王愛的真的是少女好了，她的故事只講了一千零一夜，國王就決定同她長相廝守，換算下來，總共也就兩年多的時間。

而我在你身邊的時間是一千零一夜的多少倍，你甚至不知道我喜歡你。

喜歡你之前，我以為我能擁有屬於自己的童話。

喜歡你之後，才發現我演的是一部獨角戲。

暗戀就是，只要我願意，隨時可以喊停的獨角戲。

有時候是不知道什麼時候該喊停，有時候是捨不得喊停——好像只是看著你，我就離所謂的美好結局更近了一點，哪怕你只是臺下的觀眾之一。

我不在意有沒有結局，沒有結局就是最好的結局。

那麼，你有想過那些童話故事結局之後會發生什麼嗎？

你肯定沒有想過吧，因為結局總是在最美好的瞬間戛然而止，沒有人會在意結局之後發生的事情。

只要停在最美好的瞬間，我們就可以假裝這一刻是永遠。不需要去糾結故事裡顯而易見的破綻與謬誤，不需要去在意公主是不是真的善良、王子是不是變態、壞人真的是壞人嗎，這種脫離童話本身意義的事情——童話故事裡的人物永遠不會老去。

而這些都是結局之後的事情。

我應該在你決定牽起別人的手之前喊停。

這是我能給自己最好的結局。

結局之後，我就不會在意你是和誰來看我的表演。
結局之後，我就要把你忘記。

我曾經非常喜歡一個人，曾經。他是一個各方面都非常
優秀的人，相反的，我一直都不是一個很有自信的人，
因此認為自己配不上那樣優秀的他。第一次體會到了心
動，也是第一次體會了什麼叫有口說不出的心酸。後來
有人告訴我，他跟她在一起了，那個我喜歡了八年的少
年跟曾經是我最好的朋友在一起了。因為一些不明所以
的小事情而爭吵分開後的友誼，再一次因為我那從未說
出口的單相思產生了更巨大的裂痕，當時口口聲聲說會
支持我的女孩，一轉眼卻成為了站在他身旁的玫瑰。也
是，有誰會為了不起眼的小草而放棄鮮花呢。大概這就
叫做失戀吧，雖然我們從未在一起過。其實這已經是很
久以前的事，現在我身邊也有一個愛我的人了，但這一
直是我心中一塊微小的疙瘩。

你還來得及
把那句話當作謊言

和攤販老闆討價還價

只為買下

最好看的那朵玫瑰送給你

我讓結局停在

剛好的日落時分

影子把兩人擁吻的樣子

拉得很長

像極人們口中

所謂的永遠

主角們會用那句

我喜歡你

圓滿走向安定的一生

感嘆我們只能是

故事外的人

日子還是倉促地過

我知道你

難免容易忽略我

話裡的隱喻和

眼裡真切的情意

在任何節日到來之前

做什麼事都要

細細醞釀如同熬藥

比如和攤販老闆討價還價

只為買下

最好看的那朵玫瑰送給你

你可以不要

但請別告訴我

那天是愚人節。秉持著惶恐、焦慮、害怕、不安和微弱的希望，我很認真地想了很多，包括你可能應對的方式，最後，我決定告白了。在這之前，我發現原來「我喜歡你」這四個字在寫小說的時候，交付給虛構的對象是那麼輕易，但我卻為了這四個字輾轉了無數個夜晚。我看著加州到達臺灣的下午三點多，也就是你那邊過了十二點，我拿起手機，慎重地將自己打好的草稿複製貼上，按下傳送的那一刻，我就知道再也無法挽回了。即便可以拿今天是愚人節這個理由來給自己一個臺階下，可是我依舊覺得，告白被拒絕真的是件挺悲傷的事——你不知道，無關今天是不是愚人節，光是說出我喜歡你這句話就已經費盡我所有力氣。

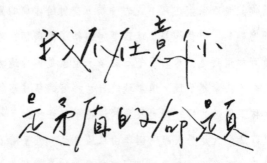

就像我知道你是假的，

可是你給予的溫柔和悸動是真的，

我的傷心與失落，也是真的。

你知道人們在進入睡眠到下一次清醒之前，總共會做幾個夢嗎？

有人說平均會產生三到五個夢境，也有人以自身為例，說甚至可以做十幾、幾十個，醒來的時候感覺一切都是混亂的，身體的系統彷彿不斷地被塞滿、接著被格式化。

但大多時候，我們做完夢就忘記了，再怎麼回想都只是徒勞，片段片段的劇情與人物根本找不出其中的關連和輪廓。就算想不起來也無所謂。

其實你只是剛好出現在我記得的夢境裡。

剛好地出現，然後剛好地被我記住。你是留在我身體裡的一部分。

我不在意你是假的，不在意你是矛盾的命題。

坦白說，明明你昨晚才出現，今天早上醒來的我已經記不得你的模樣——不，這不是重點，我想要記住的是夢裡遇見你的那個我，所以我不能忘記你。

只要你一出現，我就能認出你。

可是，今天晚上你還會出現嗎？還是你已經和誰約定好
要進入誰的夢境。

你進入過多少人的夢裡，在我夢裡的你和在其他人夢裡
的你，喜歡的都是同一個人嗎？夢見你究竟算是惡夢還
是美夢？清醒之後，我甚至能夠好好地祝福你。

對你而言，我也是假的吧？

我什麼時候才能再夢見你？我還要再做多少個夢才能再
一次遇見你，我還要再做多少個夢才能記住完整的你。

昨天記住你喜歡的人，那下一次和之後的每一次，我可
以慢慢記住更多的你。

我不知道我那麼努力不要忘記你，是為了再次遇見遇
見你的那個我，還是為了滿足我那些曾發生在你身上
的想像。

我要記住你。記住發生在你身上的所有悖論。

就像我知道你是假的，可是你給予的溫柔和悸動是真
的，我的傷心與失落，也是真的。

做了個夢，夢裡我有兩個很要好但沒有血緣關係的哥哥，一個是青，一個是木。我喜歡青許久了，夢裡的我對他一直都很任性蠻橫，他也很無可奈何。可是我心裡知道，一直以來，青喜歡的是木，不是我。就在某天，我們三個人一起出遠門遊玩，在船上時我一直纏著青，很神奇的是青竟毫無怨言地陪著我，雖然臉上仍看不見什麼笑意，卻也沒有拒絕，甚至還會回應我。下船之後，我們決定走進市集逛逛。期間，我們逛了、玩了許多，難得他的臉上終於出現了笑容，很真實的那種。後來，青讓我留在原地等，可是他再也沒有回來過。清醒之後，不知道為什麼，夢裡的心碎感很真實，直至醒來都還留存著一種欲哭的心痛。我將其記錄下來，無關乎是不是自己的故事或是夢境，它都是曾留在我身體裡的一個環節。

假慈悲

如果神真的無辜

妳為什麼不要和我

一起墜落

有時候世界過於吵鬧

開始學會

把多餘的聲音靜音

想說的話累積多了

反而就不想說了

膨脹過後

我們脆弱得像骨牌

只要輕輕一推

就會倒下如同廢墟

卻沒有人願意

負責重新排列

如果神真的無辜

妳為什麼不要和我

一起墜落

在嘈雜的教室裡，我們哭著說著彼此的誤會和委屈，妳拽著我往下，卻自己停留在表層，我說了這些日子的所有感受，卻得不到任何回覆，從那一刻起，我們就站在不同的位置上，延續著我們岌岌可危的友情。錯過了能夠彌補的時候，我對妳就再也無法坦露真誠了。想了好久為何我會如此在意，為何再也無法將妳放置於心上，我想是因為一直以來妳逼著我站在一個加害者的位置，卻不承認在這段關係裡我同樣是個受害者，我想，我要的僅僅是一句道歉，可是我知道妳給不了。

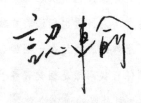

認輸

還是會遺憾，
我們從來都看不見彼此心裡洶湧的潮。

「誰先說話，誰就輸了哦。」

實際上並沒有誰把這句話說出口，但是我們都默認了這個規則，在面對彼此時都如同被詛咒般緊緊鎖住喉嚨那樣失去語言，就連最簡單的「嗨」與「再見」都只會在偶爾發生。

我們針鋒相對。
我們至今花了七百四十二天用無聲控訴彼此的罪行。

這代表什麼意思？我已經有一萬七千八百零八個小時沒有辦法在妳面前感受到語言的重量，所以我只能拚命地寫信給妳，同時悲哀地發現就算寫下什麼也不敢送到妳的手上。
我知道妳不是那種會專心在家門口等待郵差到來的人。

還是會遺憾，我們從來都看不見彼此心裡洶湧的潮。

我早就願意認輸，只是我不能說，因為我害怕。

我害怕妳其實並不希望遊戲結束。

對不起當時沒有去赴約，儘管知道妳的情緒已經很不穩定，我卻還是失約，因為打工一次也沒陪妳去看心理諮商，我知道妳一定很不想再麻煩家人，加上出於信任與依賴才請求我陪妳去，但我卻沒有做到。認識了四年，一路上發生那麼多的事情，有誤會過、有爭吵過，也好幾次以為再也不會繼續相處了，但我們都過來了，當我以為我們之間的友情能夠穩穩維持下去，結果妳生病了，而我沒有陪在妳的身邊，我們就這樣慢慢形同陌路，直至兩年後的今天。想和妳道歉，其實我曾生過妳的氣，我知道妳有選擇的權利，但我也沒放過自己，我想我可能永遠原諒不了那天的自己，希望妳能過得幸福快樂，這才是我一直所盼望的，但是一想到妳過著沒有我的日子反而更加輕鬆自在，又感覺心酸，可能我內心深處還是期望妳能讓我再次進入妳的生活吧。

死去的不只有愛

哪怕在你離開以後，

我都沒有再想起過我們之間死去的愛。

因為我知道死去的不只有愛。

我想，我會慢慢忘記你本來的樣子。

慢慢把我體內的你代謝掉，這是我們成全彼此最好的辦法。

可是在後來，我的所作所為都恍若徒勞。每一次，每一次遇見你，我都像在重新認識你，像在一次又一次地打亂拼圖，試圖從你偶爾露出的破綻裡找到熟悉的那幾塊，直到把耐心用罄就不會再去糾結因果，去糾結究竟哪種模樣的你才比較幸福。

在你躺在我的腿上朝我笑的時候，還是在我們各自牽著他人與彼此擦肩而過的時候，哪個時候的你感覺更加幸福一些？你知道嗎？我在質疑愛的真相時感到非常幸福——原來我們之間還是有什麼能夠被稱之為愛。

為了消耗掉體內多餘的糖分，我願意承認當愛作用在你身上，之於我來說更像是一種衰老。如同從前的我只喝無糖的黑咖啡，卻在想起你的時候，會想點一杯全糖的紅茶，模仿你拿起杯子的姿勢，一種征服欲與挑釁，似乎只為了告訴你，你故作的神秘在我面前向

來一覽無遺。

曾經親眼見過你的沉淪，於是我更能明白你的清醒。

我們只是學會誠實，在與彼此無關以後。

不知道哪一天，但總會有一天，我們會理解離開彼此的用心良苦——因為發現彼此在愛與被愛裡越來越匱乏。可是你有沒有想過，如果再慢一些，或許我們能以更體面的方式告別。

更體面地意識到擁有與失去原來能夠在同時發生。

哪怕在你離開以後，我都沒有再想起過我們之間死去的愛。因為我知道死去的不只有愛。

我還是必須承認我愛過你。我們就像對方的鏡子，有太多共通的特質，既敏感又易碎，還很倔強，誰也不願意先低頭——直到現在。最後一次見你，我們又吵架了，我自顧自地離開了咖啡廳，冷靜下來以後，我忽然想起你曾讓我看過你鮮為人知的傷疤，儘管我分不清那究竟是同情、憐憫，還是可以算得上是愛。吵架的當下，其實我是想告訴你，我們可以慢慢來，一切都會變好，我是想這樣告訴你的。回到咖啡廳，卻發現你原本坐的位置上已經空無一人。我匆忙跑到捷運站，朝你的背影喊你的名字，你聽見了，卻只是回過頭看了我一眼，沒有停下步伐。後來的我總在想，如果可以，我們也許不會以這種方式結束。儘管如今我們各自交了女朋友，我還是會按照你希望的那樣，在遇見的時候裝作不認識你。

輯 四

朝聖者

格式化

你說，手機會為那些被清除的事物感到傷心嗎？

會不會它其實捨不得。

和我一樣。

踩著淋濕的鞋走進便利商店，向店員報出手機末三碼，順利拿到前幾天在網路上購買的衣服。然後順便買了兩杯拿鐵，卻只先帶走一杯——反正第二杯半價，還可以寄杯。

回到家之後，打開手機的天氣預報，我把每個城市的天氣都認真看過，接著點開你的訊息框，手指還放在螢幕上的鍵盤，卻忽然不知道該打些什麼。
我不知道你在哪座城市，你那裡是晴天、陰天，還是雨天？

放下糾結，開始聽起歌來，播放到那首曾與你有過一次熱烈討論的樂團的新歌。我也不在意這究竟還算不算新歌，我只在意你現在的單曲循環還是不是這首。

只要我按下清除觀看紀錄，這些都會消失得一乾二淨。
我知道很多東西都隨著時代的發展變得很輕易，輕易地到來、輕易地離開，有時候甚至不會驚動誰。這些我都知道，都知道。

清除是因為知道自己再也不需要了。

就像我們會定期清除手機裡無用的資訊一樣，把那些隨手的截圖、重複的照片、過期的備忘錄通通清除，好留出更多的空間放進更新的東西。

你說，手機會為那些被清除的事物感到傷心嗎？

會不會它其實捨不得。和我一樣。

清除之後，我就能不在意你現在的單曲循環是哪一首歌了嗎？

可是我都記得。我聽到你喜愛的樂團的歌的時候還是會想起你，想起你的時候會發現我根本沒有忘記你。

如果我也能是一部手機就好了，可以輕易地把關於你的一切格式化。

我不怪你。

不是你消失得不夠徹底，是我沒有忘得足夠徹底。

至今，我還是懷念著我們相處的短短兩週。沒想到在交友軟體上可以遇到這麼交心的那個人，我想即使很多人不相信發生的概率，但我依然感到慶幸，慶幸遇見了你。可是我還是感到難過，你出現得輕易，也離開得那樣輕易。我時常在想，現代人的關係是不是只要在電子通訊產品裡按下封鎖、隱藏，或是刪除任何留下的痕跡，就能與對方從此無關？偌大的世界之下，隔著螢幕，我認識的你能構成多少真實的你。其實我有好多話想說，但是你再也不看我的訊息了。

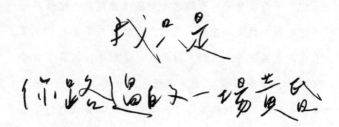

我只是
你路過的又一場黃昏

在你看著我的時候
我就會知道
你真的盡力了
能給我的愛
只有那麼多

如果眼睛可以是容器

還可以精準測量

愛的多寡

心裡有人的人

就不用那麼費力

去找尋痕跡

或抵抗命運

在你看著我的時候

我就會知道

你真的盡力了

能給我的愛

只有那麼多

不要說對不起

說了對不起

底片就會過期

承諾過的約定也會

跟著過期

閉上眼睛

我就只是

只是你路過的一場黃昏

在這段關係裡，我反覆地想確認你究竟愛不愛我。我不確定，更不敢問，只好自己努力尋找證據，卻怎樣也說服不了自己——你或許愛我，但沒有很愛我。

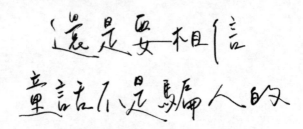

還是要相信
童話不是騙人的

我會和誰一起淋雨

經歷暴雪

再假裝迷路

與月亮同時入睡

忽然決定去遠方旅行

夜與群星會為我掩護

我會和誰一起淋雨

經歷暴雪

再假裝迷路

如果我們路過海邊

要比王子更早

更早遇見愛麗兒

讓她知道

泡沫唱不出最動聽的情歌

如果我們穿越森林

碰見提著一籃蘋果的巫婆來問路

我們只要裝傻就好，畢竟

說真話的時候

總有人不會信

如果我們來到永無島

彼得潘還沒丟失影子

就不會在意

他與溫蒂會有怎樣的相遇

我們說好，醒來之後

只要路過花店

就送彼此一束花

什麼花都可以

我知道你不會記得

我不怪你

這些都已經沒有關係

那天經過了花店，看著各色鮮麗在自己的面前綻開，我忽然想到了小時候的一個沒有被實現的約定。那時候，我跟著媽媽參加了哥哥的小學畢業典禮，看著學校外面賣花束的攤位，我和媽媽表達自己的渴望，媽媽笑著向我保證，等我畢業的時候，她一定會買最漂亮的那束花給我。然而不久之後，媽媽就離開了我的生活，連我的畢業典禮都沒有參加。我想和昨天的自己說：「如果沒有人送妳花束的話，那我給妳吧。請繼續相信自己心中的童話。」

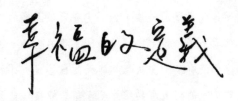

幸福的意義

他急於尋找最接近幸福的真相的時候，

卻忘了先聽一聽自己的心。

「什麼是幸福？」

「要成為什麼樣的人才會幸福呢？」

「要過什麼樣的生活才會幸福呢？」

小王子每天都在問別人這樣的問題，但他始終得不出一個最好的答案。

小王子很困惑，這樣的問題好像讓他變得不那麼幸福了。

這天，他找到了幾個人。

「幸福？我覺得我是一個很幸福的人啊，我覺得能每天在這樣漂亮的大花園裡修剪花草就很幸福了。」花匠樂呵呵地說道。

接著開口的是一名負責打掃城堡房間的侍女。「不，我一點都不喜歡在大太陽下工作一整天，我肯定會瘋掉。是我的話，我覺得如果哪天能夠遇見一個愛人，與他共度一生，那樣一定很幸福。啊！那位英俊的侍衛看起來就會是一位好丈夫……」

「噢，凱莎，快停止妳愚蠢的幻想。」打斷侍女的是裁縫師。「我為身為一名裁縫師而感到驕傲，能夠為國

王、皇后與殿下您做出世界上最美麗的衣服，並看見你們穿上，就是我最大的幸福了。」

廚師認同地點了點頭，「是的，就像我做出一道美味的料理的時候一樣。」

最後輪到小王子的貼身管事，當所有的目光投向他時，他卻是蹲下身，微笑地看著小王子，「那麼對於殿下，您覺得呢？」

他覺得呢？

小王子聽過許多人的答案，但從來都沒有問過自己。

他急於尋找最接近幸福的真相的時候，卻忘了先聽一聽自己的心。

小王子想了想，「我想成為像父王和母后那樣的人。」

是的，他要成為像他們一樣受百姓、朝臣敬重的偉大的上位者，擁有「成功」的人生。

那樣不就等同於擁有了幸福的人生嗎？

聞言，管事笑了笑，「那殿下，您現在幸福嗎？」

「當然不。」小王子當即垮下臉,「我每天有好多課程要上、好多功課要做,如果做不好就會被訓斥,這樣的日子哪裡算得上是幸福?」

「可是您看,伊利安公子不是也陪著您一起嗎?您上的所有課程,您必須要做的所有功課,他也必須要完成自己的那一份。這一切,是有人陪伴著您一起的。」

伊利安是伯爵家的小公子,也是小王子的侍讀。

小王子這才想起來,年幼時,在一眾貴族少爺中,同他玩得最好的正是伊利安,當初也是他將伊利安選為自己的侍讀,可以說,是他強加枷鎖在伊利安身上,如果不是他,伊利安並不需要承擔這一份責任。

小王子忽然感到有些羞愧,然而同時,他也感到隱密的歡喜──因為還有人陪著他一起。

夜晚,小王子躺在床上,回想著今天與眾人的對話。

小王子喜孜孜地想著,他一定要趕快長大,要早點成為像他父母親那樣的人。墜入夢中之際,閃過小王子腦海的最後一個念頭是:到時候,就不會有這麼多的功課要

做了。

一定要快點長大啊。

這樣，是不是就會幸福了？

我想和我自己說一些什麼。我知道現在的你，不管大人們說當個孩子、當個學生有多幸福，你總是不信。但相信我，在還足夠年輕、以學生身分過著的那些生活，是真的很幸福的，所以想和你說，要好好把握。

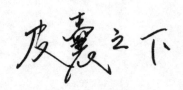

皮囊之下

在這個明碼實價的時代，

路過的人太多，

我們已然算不清自己換過了多少張臉。

難以捉摸並且不知道該怪罪或歸功於誰的事我們都稱之
為命運。

在沒有洗頭、沒有打扮的情況下，卻一次又一次地碰
見討厭的人的時候，覺得對方真是陰魂不散，我們因此
怪罪命運，說是命運要我們糾纏到底。在收拾好自己，
想去巧遇自己心心念念的人的時候，卻從來沒有得償所
願，所有的呼喊都像落入無底的洞一樣再無下落，我們
因此怪罪命運，說是命運不要我們糾纏到底。

這一切到底是誰的問題？真的是命運嗎？

有些人之於自己是場永遠好不了的疾病，有些人卻只能
是一燃即耗盡生命的煙火——知道再怎麼放慢點燃的速
度也無法阻止必然的消逝。

好像我們只是在同一個時段內走進同一間餐廳的顧客一
樣，被臨時併桌，發現彼此的口味與話題是如此契合，
可是我們清楚地知道只要走出餐廳，在下一個路口，我
們就再也認不出對方的模樣。

在這個明碼實價的時代，路過的人太多，我們已然算不清自己換過了多少張臉。

多希望真的是命運。
只能讓自己相信這一切都是命運。

後來我一直在想，所以為什麼，我們只能成為彼此的煙火，而不能是場疾病？我明明是願意的，願意和你們糾纏到底。就算你們不願意我也願意的那種心甘情願。

如果。
如果有一天再次遇見，希望你們能從無數張臉中，辨認出我最真實的模樣。

我沒有想過會在遊戲裡遇見讓我難以忘懷的好友們。那時候壓力很大，加上連續考試失敗，唯一的期待是每個星期的上線時間，雖然我的話不多、慢熟，但你們依舊待我很好，會為我解釋不懂的事情，會在我怕鬼的時候安慰我，會給我自信說我唱歌不難聽，感覺自己像有了第二個家似的。直到遊戲宣布關閉的時候，我的世界彷彿崩塌了一半，我知道人生總是不斷分離，但沒想到那一天這麼快，我還沒準備好面對、還沒學會道別。許多人說這只是個遊戲，但對我來說，遊戲裡的角色就是第二個我，是沒有任何煩惱，也不用在乎自己討不討人喜歡的我。儘管現在的我已經在努力練習告別，但還是好想你們，我不想忘記。

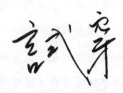

還是要試穿，不管能不能買下來。

試穿讓你感覺擁有，

因為知道再怎麼試穿都無法擁有。

小時候看到喜歡的玩具，覺得只要哭鬧就能輕易得到，不需要考慮價錢、實用性，以及更多層面的事情，很單純地只要喜歡就能概括想要擁有的心思。

那時候的自己是比較幸福的嗎？

直到長大以後，擁有了自由運用金錢的權利，走在街上看見一旁櫥窗裡的精緻服裝陳列如博物館裡的珍貴文物，卻突然發現自己就連試穿的勇氣都失去了一樣。

好像自己才是被關在櫥窗裡的假人模特兒，被駐足、被欣賞，被昂貴且美麗的布料襯托，卻沒有人願意買下你。

已經到了知道不能把所有喜歡的東西都買下來的年紀。

在你發現你曾經喜愛的玩具原來和你這個月要繳的水電費一樣價錢（不要跟我說可能是通貨膨脹或其他什麼），忽然明白了當年父母眼裡的猶豫與為難。

你知道你還是可以試穿。

就像你在買飲料時，店員給你試喝了他們新出的品項，

你因此決定換一換口味——有時候只是買一杯飲料的事，但有時候不是。

還是要試穿，不管能不能買下來。
試穿讓你感覺擁有，因為知道再怎麼試穿都無法擁有。

還是要試穿。
還是要知道，這件衣服是那麼好看、穿在自己身上是那麼合身，然後知道，再也不會看見這樣的自己了。

在一生中可以找到契合的人真的是件極幸運的事，或許還是會有很多摩擦，但我認為比起靈魂上的相知、價值觀的相似，那些都不足掛齒。但最後壓垮我們的卻不是我們本身，而是來自雙方家庭的壓力，曾經抗衡過、溝通過，卻依舊於事無補。明明都是我們愛的人，為什麼不能試著了解呢？好怕我們的愛就這樣消磨，剩下的快樂也越來越少，所以我們約定好過完冬天就分手，在餘下的時間裡，好好地珍惜、好好地記住在一起的回憶，再好好地與對方告別。自始至終，我只希望你快樂，不管在哪個地方或身邊是誰，我們都能活得沒有遺憾。

謝謝 謝謝
我們相愛過

謝謝你愛我

在一起時會這樣說

分開之後依然

願意這樣說

謝謝你愛我

替我梳理

偶爾雜亂的羽翼

消毒那些

並不起眼的傷口

謝謝你愛我

明白彼此

尚未做完的夢

願意交付

所有的祝福

謝謝你愛我

在一起時會這樣說

分開之後依然

願意這樣說

雖然我們分開了，但我還是想對你說謝謝。在那些時光裡，是你給我勇氣和信心，使我能夠順利前行，而你總在身後替我加油打氣，無條件地相信我、支持我。從開始到結束，對你最多的還是感謝，謝謝你在那些日子裡愛我愛得深刻，深刻到分開後的天數已超過相依的時日，你仍然是我心裡某一部分的溫柔。覺得很幸運的是，我們給予彼此的情感價值是對等的，你感謝我如我感謝你。即使不再親密，卻也不至於生疏，我們都感謝陪伴對方走過這段日子，現在的我們都比交往前成長了許多，這樣就夠了。

再調

我是說，和我一起。

一起理解那種再怎麼對著耳朵吹氣

都沒有辦法緩解的熱，

再一起過敏、一起發炎。

你有注意到我的耳洞嗎？

這是我第一次在耳朵上穿洞，去掛上那些美麗而精緻的耳環，為了更好地去見你。為了更好地出現在你面前，我給自己製造出漂亮的傷口，不去計較可能會有的過敏、發炎與化膿。

小時候媽媽總說，穿耳洞會破相、破財，我沒有去探討這究竟算不算一種迷信——比起穿耳洞，你更像我的迷信。

如同此刻，我戴著你為我準備的安全帽，坐在你的機車後座，緊緊抓著你的衣角，身旁的景色變換，想像自己是剛學會飛行的鳥，被你帶領著去享受自由的風。陽光晃動，接著紅燈亮起，過了一個又一個街口都像衝破層層結界一般，我只是盯著你露出的脖頸。

不知道又會在哪裡停下。

像我願意陪你把鞋店裡的你喜歡的鞋都一一看過那樣停下。

像你願意讓我在看電影時把頭靠在你肩膀上那樣停下。

有時候選擇停下不是因為留戀風景，只是在等誰一起上路。

那時在電影院裡，就著畫面的光，在把頭靠上你的肩膀之前我就看見了，你沒有耳洞。重新把手機裡我們的合照翻出來看，還是沒有，哪一邊都沒有。

你知道嗎？穿耳洞的那個瞬間其實並不怎麼痛，但過後，我的耳朵像著火那樣熱，就算集結一生吹過的涼風來替我降溫都沒有用的熱。想哭的時候忍住了，但想起你的時候沒有。

停下是為了等誰一起上路，但你和我並沒有停在同一個地方。

聊天室裡還是塞滿各式各樣的訊息，你被我設成置頂，我自顧自地把想說的話全部吐出來，從「這個耳環好好

看啊,正好我前陣子穿了耳洞,有點想買。」這種看似無關緊要的閒話家常,到我最後問你的那句「你會想穿耳洞嗎?」

我不在意你會不會,我只在意你願不願意,我是說,和我一起。一起理解那種再怎麼對著耳朵吹氣都沒有辦法緩解的熱,再一起過敏、一起發炎。

一起。一起留在原地。

那是我們認識好多年以後,第一次單獨約會。到了這天,我早早到了我們約定好的地方,我們逛了鞋店、看了電影,在過程中你都牽著我的手,從緊握雙手到後來變成十指緊扣。我心跳得很快,我想當時的自己臉上一定早已泛起紅暈,還好有口罩遮著,否則你一定會明知故問地笑著問我怎麼臉紅了。這天的約會裡,處處都可見你的細心與貼心,我怎麼可能會不喜歡你。後來你也告訴我,你在我面前能夠自在地做真正的自己,可是顧忌的太多,你說你還沒有想好自己真正要的是什麼,所以不想輕易許諾。過了幾個禮拜,你說你還是決定先當好朋友,而在這之後,你也漸漸地越來越少回訊息。你一天天地冷淡,我一天天地累積失望。你知道嗎?我記得的都是我們相視而笑的瞬間,我並不想放棄你。但我也說過,無論我與你的結局如何,我都由衷感謝你和那個為了愛勇敢一次的自己。

苦薔薇

你還會好起來

像初生之時

響起的第一聲哭啼那樣

好起來

在陰天的清晨醒來

感受他擁抱的力度與

貼合的器官

會忍不住想

觸摸他的眼角

曾經只有你能主宰自己的身體

甘願被索取如同得到恩寵

只是由於你曾經

使他加冕為王

讓你誤以為這些是愛

癒合後的傷疤

你只是太晚才明白

心底荒蕪的源頭

是因為發現你不過是他無聊

製作出的人偶

你只是太晚才明白

不再把自己交付給別人

每一次劇烈的陣痛

就能缺少成立的要件

你還在好起來

你還會好起來

像初生之時

響起的第一聲哭啼那樣

好起來

在被侵犯的時候我還在想著對方，想著他說的話、想著他的感受，過了很久才發覺自己給自己塞了好多委屈，總是讓自己難過。現在我看見這件事了，我會努力保護自己不再受傷。如同某天我突然想起自己為什麼會開始抽起菸來，才發現是因為當時的自己想和他變得相像、想與他更加靠近才學著他這麼做的，明白了原因之後，好像不抽菸也可以了，那包紅Marlboro被我留在昨晚的陽臺邊上，我知道我不會再去拿起，就像我不會再為了誰讓自己傷心。

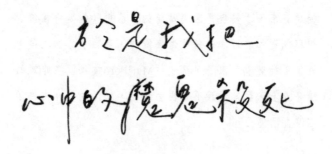

他沒有發現，

他握槍的姿勢和他在放棄什麼的時候一模一樣。

夢裡的一開始，我是一名快遞員。工作內容是負責將各式各樣的貨物安全送到顧客手上，有些是實體、有些不是。

在這個世界裡，有人販賣快樂，有人販賣日出，有人販賣秘密，有人販賣雨聲……反正什麼都有人賣，自然什麼都有人買。至於怎麼販賣，這個我可不知道了，那畢竟是別人的商業機密，我也只是個普通的快遞員，並不能知道顧客究竟買了什麼。

今天的工作是要送完二十四家的快遞。

來到第十六家的時候，我看見一個少年慌張地推開家門，像隻失去方向的蜜蜂，隨後看見了我，便像看見蜂蜜一樣朝我直直衝來。近看才發現，他瘦得不可思議，額頭甚至還在流血。

「有我的包裹嗎？」他問。

我問他快遞的署名是什麼。

他的回答與我手裡拿著的包裹的署名吻合，於是我把包

裏交給了他。

他又說：「你知道嗎？這是我第一次自己買東西，雖然錢不是我的，但這不重要。我想買這幾樣東西很久了，這樣的想法已經持續了好幾個年頭。就像把一顆種子埋進土裡，不給它澆水也不給它陽光，但它還是發芽了一樣。所以我知道我一定會買下這些東西，買下這些東西是為了離我的夢想更近一步，儘管我知道勢必要放棄些什麼。」

我根本不在意他到底買了什麼又或怎樣，我每天每週每月都要送這麼多快遞，來來去去，我不會記得誰的臉。但看著他一臉認真，我還是問：「那你放棄了些什麼？」

「不知道……但我總會知道的。我可是一個要成為殺手的人呢。」
「哦。」

哦，再然後，我就換了個場景。

別問我，我自己也很納悶，我都還沒有送完快遞呢。

「前輩，怎麼了嗎？」

我轉頭一看，是張有點熟悉的臉。

做夢的時候就是這樣，所有不合邏輯的部分都能一筆帶過，雖然此刻的情景也沒有多合理就對了，到底是怎麼從快遞員過渡成一個正在執行任務的殺手的？

誰能想到，眨眼間我變成了一個殺手，身邊還帶著一個菜鳥殺手——我甚至是前輩。

我想起來這個人是誰了。不就是剛剛跟我說一大堆話的少年嗎？原來還能這樣客串。啊，他大概是實現了自己的夢想，成了真正的殺手，我上下打量著他，就是不知道這麼瘦能不能握穩槍。

「你想到你放棄了些什麼了嗎？」

他愣住，似乎是沒想到我會突然這麼問，但他還是很快地反應了過來，點了點頭，「想到了。不瞞您說，我就是把我心中的魔鬼殺死以後才成為殺手的，我為自己報了仇，我感覺自己變得更強壯、更勇敢了。」

他還是太聒噪了。我默默地想。

少年的身上竟然留有淺淡的菸味，我清楚地明白他從來沒有準備好。

他沒有發現，他握槍的姿勢和他在放棄什麼的時候一模一樣。

小黑是爸爸送給我唯一的禮物，是隻兔子娃娃。其實比起禮物，我爸給我的傷害卻更多，我很討厭我爸，所以我對小黑的感情很複雜。我爸從來不對家裡負責任，他賭博、欠錢，對我媽媽也不好，每次都是拎著食物丟給我就跑去找外遇對象。儘管如此，我卻很喜歡他送我的小黑，因為小黑陪伴了我無數個傷心的夜晚，它懂我所有的委屈和悲傷。但是在大一那年，我把小黑丟掉了，它就像我的戰友，可是我卻拋棄它自己往前走，只因為我離開了我爸之後懦弱地想要忘記一切，那陣子我只要看見小黑就很難過。可是失去它之後，我真的好想它，好想再次抱抱它，跟它說我現在不會常常哭鼻子了。我還記得我回望垃圾桶時，看見它黝黑的眼睛，好像在問我為什麼要拋棄它。我想跟它說對不起，對不起我把它丟掉了，對不起我一直學不會堅強。

慢性生病

沒有藥的時候

你仍是我

與愛對立而無法處決的

恆常的痛

是從哪個時候開始

發現你所有表情

都覆蓋在

虛情假意之上

開始懷疑起

我不過是你

一次敷衍的邂逅

如同用最劣質的菸

在潦草落筆的情節裡

燙出一個洞

掉進去的卻只有我

沒有遭遇過比你

更深的海

能給我的全是

更新的絕望

沒有藥的時候

你仍是我

與愛對立而無法處決的

恆常的痛

那是怎樣的心情呢？在發現原來我只是多邊形之中的一個角落，雖然早已有了預感。我在電話裡與另一個局內人確認，一開始僅是沉默，後來的謾罵我也都概括接受，原來這就是偷來的感情。所以這一切到底是誰的錯？你總說我是你一見鍾情的唯一答案，卻又對別人口口聲聲地說著愛。我著迷於阿德勒的心理學，嘗試將這些錯綜複雜的感情一一梳理，卻又在每個夜晚裡獨自糾結，好想問問你，我真的是那唯一的答案嗎？我們一起做的戒指，原本以為僅僅是我們之間的獨特回憶，你卻將它視為一種手段，再一次帶給他人相同的回憶，所以我把戒指丟了，再也不要了。

慢慢

要很用力才能聽見

世界的心跳聲

這卻是別人

最普通的日常

陽光照進來的角度

逐漸偏離

原本的重心

終於發現傾斜的

一直是自己

紙上的字看起來都像

在海面上

搖搖晃晃的船

翻湧的浪更不是

記憶中的樣子

要很用力才能聽見

世界的心跳聲

這卻是別人

最普通的日常

於是開始學會

慢慢妥協

放任手中的氣球遠去

會在感受到海風的冷時

為自己穿上外套

慢慢不再在意那些

使自己跌倒的

又是哪些部位

掉落的零件

慢慢感受

人間與夢境的落差

慢慢喜歡

每個面向的自己

我的失眠問題持續了一年，二月底接近崩潰後才終於決定就醫。接著，我在三月初找了心理諮商，發現自己有中度憂鬱及重度焦慮的情況。憂鬱症帶來的影響太多太多，例如：失眠、注意力下降、失去感受的能力、喪失閱讀及寫作能力（我非常熱愛文字，拿過不少文學獎）。對現在還是高中生的我來說，也影響了我的學習，加上自己一直是很自傲的人，所以一開始是有過掙扎的。當初選擇就醫其實是被醫院的標語感動到，它這麼寫著：「做你能抓住的第一束光。」我才想著，就算我在陰暗又潮濕的深淵裡，也要努力爬出去，去感受人間的一切美好。我想和昨天的自己說：我真的很愛妳，縱使妳矛盾又複雜，就算妳找不到方向而迷茫，明天的妳自始至終都會愛著妳。

練習勇敢

你要學會當一個，

在受傷的時候，能夠給自己包紮的人。

J：

嗨，昨天的我。你好嗎？

對了，J只是一個代號，不用太在意，隨時想換都可以。

這是今天的我寫給你的一些話，你可以當作便利貼那樣貼在顯眼的地方，時時刻刻提醒自己要練習勇敢，今天要是練習勇敢的第一天。

我看見你還站在原地，但沒關係，我知道你過去幾天都過得很不好，你很傷心，因為喜歡的人和別人在一起了，而他的幸福與你無關。

其實認真想來，為什麼會感到傷心呢？是因為自己付出的情感沒有得到等價的回饋嗎？還是因為他根本沒有聽見你的聲音？會不會你傷心並不是因為他和別人在一起，而是傷心你未曾說出口的心意。

你喜歡他就像背對著許願池丟下一枚硬幣,然後緩慢沉入池底,再無波瀾。你只是經過他的一個遊客,他甚至記不住你。

我知道你可能會覺得不公平,疼痛是別人給的,卻要自己痊癒。所以練習勇敢的第一天,你要學會當一個,在受傷的時候,能夠給自己包紮的人。

記住啊,以後要每天回報練習狀況。
等到練習勇敢的第N天,你就可以好好地把自己的心意說出口了。

遺憾難免會有,但希望往後的你,能少一些。

以上。

我想和昨天的自己說，下一次再遇見喜歡的人時，請你勇敢地表達自己的心意，不要再當一隻縮頭的烏龜，不要只敢站在遠處觀望他與別人幸福的樣子。

你美好得
如同我一生的失去

正擁有著，
_____

所以感覺自己非常勇敢。
_____

不敢告訴你，我是一個太害怕失去的人。

感到害怕的時候，我就想在你手背的胎記上寫下我的名字，像小時候拿到新課本時，慎重地一本一本貼上自己的姓名貼那樣，用力留下些什麼痕跡；感到害怕的時候，我就想在你要去打球所以將手錶摘下來交給我保管時，偷偷將它戴在自己的手上，像小時候玩大風吹，明白只要一直搶到位置就能留到最後那樣，不顧一切地去抓住些什麼。

正擁有著，所以感覺自己非常勇敢。

可是你知道嗎？為了不失去，我總是讓自己擁有的很少。你太美好了，你是我為數不多擁有的美好之一。儘管一開始我並不想擁有你，擁有你會讓我感覺更接近失去，當我接不住你所有的愛意。

曾經聽人這麼說過，所有的失去都會以另一種方式回來。我知道我也曾失去過些什麼，有些我可能知道，而有些我可能從來沒有察覺過，擁有什麼的時候也是如此，那

些或許微小、也或許偉大的什麼，一次又一次地黏附、再掉落於我們生命的陰影之上。

你是那種乾淨而透徹的巨大泡泡，貼近時如同陷入一床柔軟的棉被，會讓人忍不住像貓咪那樣在感到舒服與放鬆時發出呼嚕呼嚕的聲音。

是我選擇讓你黏附，也是我選擇讓你掉落。

不知道如今的你，有沒有遇見一個能承接住你全部愛意的更好的人了。他會不會也在你手背的胎記上寫下自己的名字？你要記得在打球時將手錶摘下來交給他保管。

希望他能是一個在擁有你的時候，也不畏懼失去的人。

你美好得如同我一生的失去。

我想和陪伴我高中三年的前男友說，謝謝，也對不起，希望他能幸福快樂。他一開始喜歡我好久、堅持好久我才答應和他交往，比起他，我的喜歡晚來了太多。交往後他也對我很好很好，在旁人眼裡我可能都有公主病了吧。他真的是我每一次回想起來都會覺得，世界上怎麼會有個與我沒血緣關係的人這麼愛我，他甚至把我當成他的全世界。高中畢業以後，我還是沒能學會沉著，我太浮躁了，心裡也假設了很多不確定，因此選擇了離開他，對他真的很抱歉，希望他能幸福快樂。

若彼岸有光

我愛你，
—
我要你在我心中依然鮮明地活。

今天是你離開的第一百五十九天。

其實我不太記得確切數字了，希望你不要怪我，這一切之於我都顯得太過漫長。在你剛離開我的那陣子，我不太知道自己該時刻保持清醒，還是應該就此放任自己陷入睡眠，無論哪一種狀態都只會一再重現你那雙因為疼痛而哭泣的眼。

你潔白的毛髮從此留下一生刺眼的紅。

後來，你的照片我也不敢直接存放在手機裡，這般容易取得的心碎更讓我心碎。而我知道，你再也不是我伸手就能擁入懷裡的存在，你已然成為我遙不可及且無望的念想。

與你的回憶如同一輛列車，有起點站與終點站，可是再怎麼來回奔跑，抵達的永遠是傷心，曾經有過的快樂與無憂都恍如隔世──這正是我最難以忍受的。

你自己待在那裡會感到害怕嗎？好想抱一抱你。

對不起，儘管在你來到我身邊之前，我就已經預想過所有的離別方式，但至少不是這樣，不應該以這種慘烈的方式來記得你。

我一點都不想和你道別。可是我捨不得你痛。
就像我會記得關於你的美好，但我也不會忘記你是怎麼離開的。

我愛你，我要你在我心中依然鮮明地活。

我記得我的寶貝是怎麼離開的。那天清晨，在屋內不見你的蹤影，便心知不妙。我穿上拖鞋跑下樓梯，心裡祈求只是在家中一時看漏，其實你還在家中的某個角落。直至在家樓下庭院的梯級發現一灘血水，我回頭一看，發現你奄奄一息地蜷縮在水管後。你在看見我的時候才無力地叫了一聲，我忍不住痛哭出聲。我知道你真的很努力了，很努力想活下來。後來從父母口中得知事發前的一切經過，我不想說服自己這只是意外，明明有裝貓網啊、明明是能夠避免的啊，對不起讓你以這種方式離開。除了抱歉，更多的是我想你。在你離開以後，我只覺得家裡好空蕩、好安靜，我彷彿還能看見你在喜愛的地方躺臥、向我撒嬌，一切都如同一場夢，虛幻至極。我好想你啊，我相信你也會知道的。對不起，我很愛你，我會永遠記得你。

宇宙會替我們記得

其實宇宙什麼都記得哦。

就算我真的忘記你，宇宙也會記得，

記得我記得你的每時每刻。

「真正的死亡是世界上再沒有一個人記得你。」

——《*Coco*》

想像人類是由無數顆氣泡所組成的，一天是一顆氣泡，每過去一天就有一顆氣泡破掉。你只是擁有的氣泡數量比較少，只是剛好，提早回到宇宙的懷抱。

有些東西會跟著破掉的氣泡一起消逝。
如同我寫了很多日記、信件，還珍藏那些有你的照片，可是這些都不能使我看見更遙遠之後的你，我只能用想像力維持住你。

想像你是如何茁壯成長直至青澀盡去，開始懂得人情世故；想像你是不是也曾像我一樣，為了沒完沒了的作業和考試感到焦頭爛額；想像你會不會像其他家的兄長那樣，在我跌倒時先笑我再朝我伸出手；想像你會成為怎樣的一個人，擁有怎樣的生活、事業、面容與靈魂。

還是必須承認，更多時候你只是我記憶裡模糊的影，當我的想像撐不住更多的你。

但是我願意把一半的自己分給你，或許在哪一天你決定要來探望我們，你可以在看見我的時候看見更多你曾經可能的樣子。

你也會想念我們的，對吧？

偷偷跟你說，其實宇宙什麼都記得哦。

就算我真的忘記你，宇宙也會記得，記得我記得你的每時每刻。

印象是很模糊的，但從家人口述中，哥哥是因為意外離開的，像個小天使一樣睡著了，再也沒有醒過來。哥哥，我跟你說哦，我現在有好好地讀書，聽爸爸說你很想讀書、很想上幼兒園跟其他的小朋友一起玩，但卻沒能實現你的願望。所以我想好好地把書讀好，彌補那些你還沒來得及做到的事。我時不時還是會從抽屜裡拿出我們唯一的合照，照片裡的我才剛學會坐，而你還只是個兩歲的可愛小孩，沒想到這是我如今能想念你的唯一方式。我每年四季都會去找你聊聊天，想知道你在另一個世界過得好不好、有沒有吃飽睡好，如果有的話，可以來我的夢裡跟我說說話、看看我，我很想你。

後記

還是要
用力留下些什麼

「可以的哦。承認曾經受過的傷並沒有讓自己成為更好的人，也是沒有關係的。」

不知道大家還記不記得，於二〇一六年的時候，我在Instagram上開始了#安徒生的故事，這個系列是以讀者投稿的自身故事進行擴寫及潤飾，並且在後來，全部重新整理進了我的第一本書《聽說時光記得你》裡面。儘管現在已經沒有再繼續更新，但我仍然感謝並且為此感到幸運，因為透過故事而認識的每一個人。

關於坦白、關於誠實、關於曾經被忽略或遺忘的愛與
傷害。

你們也會這樣嗎？我已經記不得是從什麼時候開始，我
慢慢地喪失了表達欲，這讓我感覺自己越來越匱乏，我
開始感到恐慌，我甚至不知道該怎麼解決自己的困頓。
就像我曾經寫過的那句話：「不值一提的快樂，拿不出
手的痛苦。」

我時常不知道能說些什麼，什麼該說出來、什麼不該說
出來，然而生活還是那樣，有一大堆該完成的事情，該
焦慮的時候依然焦慮，我連自己都解決不了自己。

每次每次，在想要傾訴、想要分享什麼的時候，就會
突然想說，還是算了吧。其實我明白自己不應該是這樣
的，我應該有很多想說的、想表達的、想分享的，有時
候不一定是要說給誰聽，甚至可能不是多有意義，而我
應該將它們留下來。因此，我開始強迫自己在每個月底

都要寫下些自己在這個月發生的事的總結或想法等等，有時候會忘記，因為時常覺得每個月月底對我來說都是一樣無聊的日子，但我還是試圖去彌補。有時候也會長篇大論一堆，然後又全部刪除。

還是要用力留下些什麼。
還是希望真的能留下些什麼。

我知道，只要能夠把那些時刻留下來，它們就永遠鮮活──這讓我感覺自己活著。即使那可能只是他人眼裡的微不足道。

於是時隔五年，我決定重新發起一個新的系列企劃 #我想把你留在昨天 。為什麼會有這個構思呢？七堇年有一句話是這麼說的：「文字成為某種吶喊，由此，我可以沉默地活。」我由衷相信，每個人都有想留在昨天的什麼。是那些走過的每個昨天（無論想不想留住），構成了今天以及之後的每一個明天。只有踏實熨貼這些昨天，我們好好地才能走向明天。無論是哪些片刻、哪些

人事物，是那些路過我們的所有，讓我們成為了我們。

還是要用力留下些什麼。對吧。
學會對自己誠實一些似乎不是件壞事，承認如此混亂的
自己從來沒有好起來過，但也沒有徹底絕望過。

雖然時常覺得這個世界很糟糕，但我依然在努力熱愛著。

溫如生

2021.06.18

國家圖書館出版品預行編目資料

我想把你留在昨天/溫如生著. -- 初版. -- 臺北
市：皇冠文化出版有限公司, 2021.08
　面；　公分. -- (皇冠叢書；第4959種)(有時；
16)
ISBN 978-957-33-3766-9(平裝)

863.55　　　　　　　　　　　　110011776

皇冠叢書第4959種

有時 16

我想把你留在昨天

作　　者—溫如生
發 行 人—平雲
出 版 發 行—皇冠文化出版有限公司
　　　　　　台北市敦化北路120巷50號
　　　　　　電話◎02-27168888
　　　　　　郵撥帳號◎15261516號
　　　　　　皇冠出版社(香港)有限公司
　　　　　　香港銅鑼灣道180號百樂商業中心
　　　　　　19字樓1903室
　　　　　　電話◎2529-1778　傳真◎2527-0904
總 編 輯—許婷婷
責 任 編 輯—陳怡蓁
美 術 設 計—嚴昱琳
著作完成日期—2021年6月
初版一刷日期—2021年8月
初版四刷日期—2022年3月
法律顧問—王惠光律師
有著作權·翻印必究
如有破損或裝訂錯誤，請寄回本社更換
讀者服務傳真專線◎02-27150507
電腦編號◎569016
ISBN◎978-957-33-3766-9
Printed in Taiwan
本書定價◎新台幣360元/港幣120元

●皇冠讀樂網：www.crown.com.tw
●皇冠Facebook：www.facebook.com/crownbook
●皇冠Instagram：www.instagram.com/crownbook1954
●小王子的編輯夢：crownbook.pixnet.net/blog